हाशिया

शैलेन्द्र सिंह

अनुवाद

डॉ. चंचल भसीन

वाणी प्रकाशन

वाणी प्रकाशन
4695, 21-ए, दरियागंज, नयी दिल्ली 110 002
शाखा
अशोक राजपथ, पटना 800 004
फ़ोन : +91 11 23273167 फ़ैक्स : +91 11 23275710
www.vaniprakashan.in
vaniprakashan@gmail.com
sales@vaniprakashan.in

HASHIYA
by Shailendra Singh
Translated from Dogri by Dr. Chanchal Bhasin

ISBN : 978-93-5072-392-0
Novel

प्रथम संस्करण
मूल्य : ₹ 395

सिटी प्रेस, दिल्ली-110 095 में मुद्रित

वाणी प्रकाशन का लोगो मक़बूल फ़िदा हुसेन की कूची से

देश के उन सभी परिवारों को
जिनकी ज़िन्दगी के संघर्ष पर आधारित
इस उपन्यास का मुख्य चरित्र है।

–शैलेन्द्र सिंह

इस उपन्यास में छपी सभी घटनाएँ, पात्र और स्थान काल्पनिक हैं। इनका यथार्थ से कोई सरोकार नहीं है। देश-काल और कथानक भी सत्य नहीं हैं।

अनुवादिका की ओर से

आधुनिक उपन्यास सामाजिक चेतना के क्रमिक विकास की कलात्मक अभिव्यक्ति है। समकालीन यथार्थ के प्रति उपन्यासकार की संवेदनशीलता अन्य विधाओं के रचनाकारों की तुलना में अधिक प्रतिबद्ध, ठोस और प्रत्यक्ष होती है। उपन्यासकार की संवेदना में अनुभूति या भावुकता के साथ-साथ जीवन और जगत के यथार्थ के गम्भीर और बहुआयामी अनुभव, चिन्तन, तर्कसंगत व्याख्या, वैज्ञानिक विश्लेषण, सामान्यीकरण निष्कर्ष आदि आवश्यक रूप से मिले-जुले रहते हैं। इसमें एकांगी कथा नहीं बल्कि समग्र जीवन होता है। उपन्यासकार किसी घटना का सहज और स्वाभाविक चित्रण करता है। यही कारण है कि बचपन से ही उपन्यास विधा की ओर मेरा आकर्षण अधिक रहा है। कभी चोरी छिपे तो कभी घर वालों की सहमति से उपन्यासों को पढ़ना बदस्तूर जारी रहा। सिलसिला यूँ ही चलता रहा और पीएच.डी. की डिग्री के लिए शोध कार्य भी डोगरी उपन्यासों पर आलोचनात्मक कार्य से सम्पन्न की।

जब डोगरी उपन्यासकार शैलेन्द्र सिंह का पहला उपन्यास 'हाशिये पर' पढ़ने का सौभाग्य प्राप्त हुआ तो उपन्यास के कथानक ने मुझे बहुत प्रभावित किया। मानो कि साहित्यकार अपने इर्दगिर्द की घटित घटनाओं से प्रभावित होकर ही उन्हें कैनवस पर उतारता है और समाज से बचने के लिए काल्पनिक पात्रों और घटनाओं का सहारा लेता है। 'हाशिये पर' के उपन्यासकार ने भी कुछ ऐसा ही किया है पर सभी पात्र हमारी ज़िन्दगी से जुड़े आस-पास के ही लगते हैं जिनसे हर रोज हम रू-ब-रू होते हैं। उपन्यास पढ़ते-पढ़ते मुझे इसके पात्रों के संघर्ष और जीवट से हमदर्दी होने लगी। मैंने उपन्यासकार से इसे हिन्दी में अनुवाद करने की इच्छा व्यक्त की और उनकी ओर से अनुमति भी मिल गयी। अब यह उपन्यास डोगरी और अंग्रेज़ी के उपरान्त हिन्दी में भी आपके समक्ष है। मैं इस बात के लिए अपने-आप को खुशकिस्मत समझती हूँ कि इन्होंने मुझे इस काबिल समझा और अनुवाद करने की अनुमति दी। मैं लेखक के प्रति अपना आभार प्रकट करती हूँ। मैं अपने इस कार्य में किस हद तक सफल रही हूँ इसका निर्णय पाठकों के ऊपर है। मुझे अपने पाठकों के सुझावों और प्रतिक्रिया की प्रतीक्षा रहेगी।

मेरे इस अनुवाद कार्य को आरम्भ से लेकर पुस्तकाकार मूर्त रूप देने में मेरे भईया-भाभी (श्री शाम लाल बस्सन-श्रीमती कमला बस्सन) और भतीजे-भतीजी (मोहित बस्सन, रोहित बस्सन और ईशिता बस्सन) का पूरा सहयोग रहा। इनका भी मैं हृदय से आभार प्रकट करती हूँ। ख़ासतौर से वाणी प्रकाशन का आभारी हूँ जिसके सहयोग के बिना इस कार्य का सम्पन्न होना सम्भव नहीं था और उन सबका भी, जो इस कार्य में प्रत्यक्ष या अप्रत्यक्ष रूप से सहयोगी थे, हृदय से आभार प्रकट करती हूँ।

प्रतिक्रिया की प्रतीक्षा में...

–डॉ. चंचल भसीन

1

सुबह के छह बजे हैं।

जनवरी महीने की कड़ाके की सर्दी पड़ रही है। ऐसा लग रहा है जैसे अभी आधी रात ही है।

चिनाब नदी पहाड़ों में ठाठें मार कर दौड़ने के बाद मैदानी इलाके में पहुँच कर शान्त हो रही है। अपने दोनों ओर से अपने साथ लाई हुई उपजाऊ मिट्टी बिछा-बिछा कर ज़मीन को एक नया रंग और उपज के लिए नयी से नयी ताकत छोड़ रही है।

दरिया से लगभग डेढ़ किलोमीटर उत्तर की ओर एक सौ के करीब घरों वाला एक गाँव रात के सन्नाटे में पाँच-छह सौ की आबादी को अपनी गोद में लिए हुए है। इसके अलावा घरेलू जानवर भी अपने-अपने छप्परों में सिकुड़ कर बैठे हैं। गाँव के कुत्ते भी सर्दी से बचने के लिए कहीं न कहीं ठिकाना ढूँढ़ कर नाक को पूँछ में छुपा कर सोये हुए हैं।

इस गाँव के एक तरफ़ सरकण्डे की बनी हुई एक झोंपड़ी है। चाँदनी रात में छह-सात मीटर लम्बा झोंपड़ी का छत पुराना-सा दिख रहा है। झोंपड़ी की दीवारों की जगह सरकण्डे को काट कर ज़रूरत अनुसार दीवार जैसा ज़मीन में गाढ़ दिया है और बीच में दोनों तरफ़ बाँस को फाड़ कर लगा जूट की रस्सियों से बाँधा हुआ है। यही मदन का मकान है।

मदन की नींद खुलते ही उसने धीरे से रज़ाई को मुँह के ऊपर से सरका कर मुँह बाहर निकाला और मदन का छोटा बेटा कम्बा सिकुड़ कर उससे लिपटा हुआ है। शायद मदन के शरीर की गर्मी ने उसे गर्मा रखा है। इसलिए अपने पापा के साथ चिपका हुआ है।

साथ में मदन की दोनों बेटियाँ कमलेश और उषा बान से बुनी हुई एक दूसरी चारपाई पर सोयी हैं। पुरानी मैली-सी ओढ़ी हुई एक पतली रज़ाई मुश्किल से उनको बाहर की सर्दी से बचा पा रही है। यह दोनों भी गुच्छा बनी चारपाई के मध्य इकट्ठी हुई पड़ी हैं।

मदन की चारपाई के दूसरी ओर एक अलग चारपाई पर मदन की पत्नी कान्ता

अपने छोटे बेटे लोकू को लेकर सोयी है।

मदन रज़ाई को आहिस्ता से सरका कर ओढ़ी रज़ाई से बाहर निकला और बैठने लगा।

मदन के उठकर बैठने की हलचल से चारपाई चरचराहट की आवाज़ करती है मानो जैसे वह भी कह रही हो कि वह भी जाग गयी है। पाँव नीचे लटकाकर अँधेरे में टटोलकर अपने रबड़ के जूते ढूँढ़े और पाँव के पंजे बीच डालकर एड़ियाँ हिलाकर पाँव बीच में डालते हुए पहन लिए। सर्दी के कारण रबड़ के जूते पत्थर की तरह सख़्त हो गये थे। मदन दोनों पाँव पर खड़ा हो गया। सर्दी से मदन के जिस्म को ठण्डा कर जाने वाली एक लहर दौड़ गयी। शरीर के रोंगटे खड़े हो गये। मदन पीछे मुड़कर झुका, कन्धे पर रज़ाई बराबर की, सिराहने के पास लोई कम्बल दाहिने हाथ से उठाई और फिर खड़ा हो गया। लोई का एक कोना बायें हाथ से लेकर पूरा फैलाकर हवा में लहराते हुए अपने जिस्म पर ओढ़ ली।

सरकण्डे की झोंपड़ी के चारों तरफ़ सरकण्डे का द्रेह लगा हुआ है। बड़े जानवर नहीं आ सकते। लेकिन चूहे, छिपकलियाँ आदि तो जब चाहे द्रेह के किसी भी जगह से आर-पार हो जायें। सर्दियों में शीत लहर की ठण्डी हवा तो मद्धम गति से घर के अन्दर की हर एक वस्तु को छू रही है।

रोज़ाना की तरह कान्ता भी तड़के सुबह जाग गयी है। वह मदन के उठने की आहट को रज़ाई के बन्द बुक्कल के अन्दर ही सुन रही है। अपने बायें तरफ़ सोये लोकू पर दायें हाथ रज़ाई के अन्दर से ही लोकू के ऊपर से बड़ा कर रज़ाई को बराबर किया। अपने मुँह को रज़ाई से थोड़ा बाहर निकाला और अँधेरे में आहट की निशानदेही से अपने पति को देखने लगी। बाहर चाँद की रोशनी द्रेह की बिरलों से सरकण्डे की झोंपड़ी के अन्दर के अँधेरे को चीर रही थी।

मदन दो-तीन क़दम चलकर अपने झोंपड़ी के दरवाज़े पर पहुँच गया। झुककर सरकरण्डे से ही बनाई हुई खिड़की जोकि दरवाज़े को बन्द करने के लिए रखी थी, को दोनों हाथों से उठाकर एक तरफ़ करके दरवाज़े से बाहर निकला और फिर पीछे मुड़कर दोनों हाथों से उठाकर खिड़की को फिर से दरवाज़े में रखकर रास्ता बन्द कर दिया। शायद यह सोच कर कि इस बन्द दरवाज़े से बाहर की सर्दी झोंपड़े के अन्दर उसके नन्हे बच्चों तक नहीं पहुँच पायेगी और उसका परिवार ठण्ड से बचा रहेगा।

एक क़दम पीछे खींचकर मदन उठकर खड़ा हो गया।

मदन के रबड़ के जूते तो अकड़ चुके थे तथा उसकी दरिया के ओर जाने की आवाज़ सुबह-सवेरे के शान्तमय वातावरण में सभी को सुनाई दे रही है। कान्ता पूरे कानों को लगाये लुप्त होती आवाज़ को सुन रही थी जो कि आहिस्ता-आहिस्ता सुबह-सवेरे के अँधेरे में गायब हो गयी। कुछ समय बाद तो यह आवाज़ बहुत ध्यान

लगाने पर भी सुनाई देने से दूर चली गयी थी।

मदन जैसे-जैसे चलता जा रहा था, उसके शरीर में गर्माहट बढ़ने लगी। जैसे-जैसे उसका शरीर गर्म हुआ वैसे ही वह अपनी और तेज़ चाल चलने लगा। चाँद की रोशनी में शीत लहर की धुन्ध स्पष्ट दिख रही थी, और शरीर में जहाँ भी यह ठण्डी हवा छू जाती मानो शरीर के उस हिस्से को काट गयी हो।

सुनसान सर्दी की सुबह में मदन थोड़े ही समय में अकेले चिनाब नदी के किनारे पर पहुँच गया। चिनाब नदी के पानी के ऊपर छोटे-छोटे पानी के जमे हुए बर्फ़ जैसे कतरों से एक दूसरा धुन्ध का दरिया बह रहा था। चाँद की रोशनी में तो धुन्ध सफ़ेद चाँदी की तरह चमक रही थी। मदन ने कम्बल को अपने कन्धे के ऊपर तक ही समेटा और उसी में आगे की तरफ़ झोली भी बना ली। झुक कर दोनों टाँगों पर से अपना पाजामा मोड़-मोड़ कर घुटनों से ऊपर तक लाकर रोक दिया। किनारे पर दोनों जूते उतारे और बड़ी हिम्मत से नदी में उतर गया।

चिनाब नदी का पानी जम्मू-कश्मीर की डोडा-किश्तवाड़ की पहाड़ियों से पिघली हुई बर्फ़ और चन्द्रभागा नालों से इकट्ठा होकर नदी का रूप लेता है और सर्दियों में इसका तापमान 2 डिग्री सेल्सियस या 3 डिग्री से ज़्यादा नहीं होता। कुछ भी क्षणों में मदन को अपने पैर और पानी में डूबी हुई टाँगें सुन्न होती महसूस होने लगीं। तब तक निशानदेही करते-करते मदन मछली पकड़ने वाले पहली कँटिया की प्लास्टिक की तार को पकड़ कर खींच रहा था।

पहली कँटिया में एक मछली फँसी थी। दायें हाथ से मछली को पकड़ा और बायें हाथ से कँटिया को पकड़कर हाथ से घुमाकर मछली के मुँह से काँटा बाहर निकाला जिस पर मछली एकदम तड़प उठी। मछली को अपनी छाती के सामने कम्बल की झोली में डाल लिया। झोली में पहुँचते ही मछली शान्त हो गयी।

इसके बाद दूसरी कँटिया को पकड़ा और इसी तरह से दूसरी मछली भी झोली में डाल ली इसी तरह सब कँटियों को एक-एक करके बाहर निकाला। कुछ पर मछलियाँ फँसी हुई थीं और कुछ पर से चालाक मछलियाँ केंचुआ पर लगे आटे को खाकर चली गयी थीं। जब सब कँटिया पानी से बाहर निकाल लीं तो स्वयं भी पानी से बाहर आ गया।

मदन के पाँवों पर पानी में ज़्यादा देर रहने से झुर्रियाँ पड़ गयी थीं। दोनों पाँव का पानी झाड़कर फिर से रबड़ के जूते पहन लिए।

नदी के ठण्डे पानी से बाहर निकलने के बाद कुछ समय तक मदन के हाथ-पाँव सुन्न रहे। बाहर की ठण्डी हवा भी सुन्न हाथ-पाँव को गर्म और अच्छी लग रही थी।

मदन ने पकड़ी हुई मछलियों को झोली से सरकाकर सीधा किया और एक पोटली में डालकर अपने गाँव की ओर चल पड़ा।

सुबह की पौ आकाश में फटने लगी थी और रास्ता पहले से साफ़ दिखाई दे रहा था। मन्द रोशनी में मदन का काले रंग का चेहरा दिखने लगा था। मुँह पर तीन-चार दिन की दाढ़ी। गालें और आँखें अन्दर धँसी हुईं चेहरे पर नाक मोटी और छोटी। काले चेहरे पर धुँधली हुई आँखें।

चलते हुए शरीर की बनावट ऐसे जैसे एक शिकारी कुत्ता उछल-उछल कर चल रहा हो। डेढ़-दो किलोमीटर के रास्ते में घास पर पड़ी ओस को मसलते हुए मदन अपने गाँव तथा घर में कुछ ही क्षणों में पहुँच गया।

अपने घर में झोंपड़ी के दरवाज़े के बाहर निकलते ही दायीं ओर बिना छत की रसोई है जोकि ढाई फीट ऊँची मिट्टी की कच्ची दीवार से बनी है। दीवारों पर खड़िया मिट्टी घोलकर कपड़े के टुकड़े से सफ़ेदी की हुई है। रसोई में ज़मीन में एक चूल्हा बनाया हुआ है। चूल्हे के बाहर भी खड़िया मिट्टी की सफ़ेदी की हुई है।

रसोई की दीवार के साथ घड़ौंची है जिस पर हमेशा एक घड़ा पड़ा रहता है और दो पुराने घड़े हैं जिनके ऊपर के हिस्से आधे टूटे हुए हैं। घड़ौंची के नीचे की रेत अक्सर मटके से पानी निकालते समय गिरे हुए पानी से गीली रहती है। घड़ौंची के साथ ही आगे दीवार के पीछे बर्तन साफ़ करने की जगह थी।

झोंपड़ी के दरवाज़े के बाहर दायीं ओर आँगन है। सारे आँगन और रसोई को कान्ता ने मिट्टी से लीपकर उस पर गोबर लीपा हुआ है और खड़ियाँ मिट्टी की सफ़ेदी से घर की सुन्दरता बनाई हुई है। घर के पास गली में पहुँचते ही कान्ता ने मदन को देख लिया। अब रोशनी बराबर हो गयी थी। सब कुछ रोशन हो उठा था।

मदन गली से निकलते ही अपने घर के आँगन में आ पहुँचा और तीन-चार क़दमों के बाद रसोई की दीवार तक पहुँच गया। मछलियों की पोटली को रसोई की दीवार पर रखकर खुद रसोई में चूल्हे के पास आ पहुँचा। यहाँ कान्ता उठकर चूल्हे में छोटी-छोटी लकड़ियाँ डाल कर रात की दबाई हुई आग से आग जलाने की कोशिश कर रही थी। शुरू की आग में मन्द लपटों से तो गर्माहट महसूस ही नहीं हो रही थी। मदन अपने हाथों को आग की लपटों के बीच में लहरा कर बाहर निकाल लेता। जैसे-जैसे बाद में चूल्हे में डाली हुई बड़ी लकड़ियाँ आग पकड़ने लगीं, आग का सेंक भी बढ़ने लगा और बढ़ता सेंक मदन के सर्दी में जकड़े हुए शरीर को राहत पहुँचाने लगा। मदन को अपने शरीर के अंग खुलते महसूस होने लगे।

जैसे ही आग कम होने लगती कान्ता लकड़ियों को आगे की ओर सरका देती और एक-दो छोटी लकड़ियाँ और डाल देती। आग पूरी तरह से जल चुकी थी, चूल्हा गर्म हो चुका था। अब कान्ता ने चूल्हे के साथ रखा हुआ सिल्वर का पतीला उठा कर चूल्हे के ऊपर रख दिया।

मदन के चारपाई पर से उठ जाने के बाद, उसकी रज़ाई आहिस्ता-आहिस्ता

ठण्डी होती जा रही थी, जिसमें 'कम्बा' सिकुड़ता जा रहा था। अब उसे सर्दी भी लग रही थी। सर्दी में नींद खुलने पर कम्बे ने देखा बाहर उसका पापा भी आ गया और चूल्हे में आग भी जल रही है।

कम्बा बिस्तर से निकल कर आँखें मलता-मलता, नंगे पाँव ही चूल्हे के पास आ पहुँचा।

तुम अभी बिस्तर में बैठते, इतनी सर्दी में क्यों बाहर आ गये। कम्बे को देख कर कान्ता ने कहा।

पर कम्बा आगे बढ़ कर कान्ता और मदन के बीच घुस कर चूल्हे की आग के सामने अपनी जगह बनाने लगा जिस पर मदन थोड़ा एक तरफ़ खिसक कम्बे के लिए जगह छोड़ने लगा और कहने लगा, "यहाँ आगे आकर बैठो।"

कान्ता ने प्लास्टिक के एक लिफ़ाफ़े से काग़ज़ की पुड़िया से चाय पत्ती और चीनी निकालकर पतीले के ढक्कन को हटा कर पतीले में डाल दी और फिर से पतीला ढक दिया।

"आज कैसा रहा?" कान्ता ने मछलियों की पोटली की तरफ़ देखते हुए पूछा।

"दो बड़ी हैं बाकी मध्यम और कुछ छोटी हैं"—मदन ने उत्तर दिया।

मदन ने जलती लकड़ियों को हिला कर आगे किया। कान्ता चूल्हे से उठ कर अन्दर गयी, रात का रखा आधा गिलास दूध और दो खाली गिलास साथ लेकर फिर रसोई में आकर चूल्हे के पास बैठ गयी। पतीले का ढक्कन उठा कर दूध चाय में डाल दिया। एक बार और उबालने के लिए चूल्हे में आग फिर से बढ़ाई। उबाल आने पर चाय तैयार हो गयी।

अपने दुपट्टे के एक कोने से कान्ता पतीला उठा कर तीनों गिलासों में चाय डालने लगी।

"रोटी है?"—मदन ने रात की बची हुई रोटी के बारे में कान्ता को पूछा।

"दो रोटियाँ हैं।"—कान्ता ने जवाब दिया। तीन पीतल के गिलासों में चाय डालने के बाद कान्ता फिर से उठकर झोंपड़ी के अन्दर गयी। यहाँ दूसरे बच्चे अभी भी सो रहे थे, मैले से कपड़े में लपेटी हुई दो रोटियाँ लेकर फिर से बाहर रसोई में आ गयी।

तीनों ने एक-एक चाय वाला गिलास ले लिया। एक रोटी मदन को दे दी और आधी-आधी कान्ता और कम्बे ने ली।

चाय ख़त्म होने के बाद भी तीनों कुछ देर और चूल्हे के पास आग सेंकते रहे।

सुबह की रोशनी चारों तरफ़ बिखर चुकी थी। सूरज भी निकल आया था। हवा में धुन्ध मद्धम छँटने लगी थी। सूरज की किरणें ज़मीन पर पड़ी घास तक पहुँचने लगी थीं। घास पर पड़ी ओस भी सूरज की किरणों के ताप से भाप बनकर हवा में उड़ने लगी थी।

मदन ने उठकर एक अँगड़ाई ली और रुककर एक लम्बी साँस ली। रसोई में से बाहर निकलकर दीवार पर से मछलियों की पोटली उठाई, बायें हाथ से पकड़कर सुबह की अपनी दूसरी यात्रा शुरू की।

मछलियाँ बेचने के लिए लगभग दो किलोमीटर दूर नगर में जाने के लिए गाँव की गलियों से गुज़रकर कच्चे रास्ते पर हमेशा की तरह अकेला चलने लगा। इसी रास्ते पर मदन के गाँव के बच्चे स्कूल की वर्दी में स्कूल जा रहे थे, कुछ बच्चे मदन से आगे जा रहे थे, कुछ मदन के पीछे थे।

अक्सर स्कूल के बच्चे मदन से आगे या पीछे ही चलते थे, शायद मदन के कपड़ों में मछलियों की बदबू से बचने के लिए। मदन के कपड़ों में बदबू तो आती थी पर शायद वह खुद इस बदबू का आदी हो गया था और उसको खुद महसूस नहीं होती थी।

मदन को स्कूल जाने वाले बच्चों को देखकर बहुत अच्छा लगता था। मदन अक्सर सोचता कि उसके बच्चे भी एक दिन बड़े होकर नगर में बड़े स्कूल में पढ़ने जायेंगे और फिर उससे भी आगे शहर में जाकर पढ़ाई करेंगे। मदन अपने बच्चों की पढ़ाई के लिए कुछ भी करने के लिए तैयार था।

पिछले साल एक दिन मदन इसी तरह सुबह मछलियाँ बेचने के लिए नगर जा रहा था। उसके रिश्ते में भाई तरसेम भी सुबह ही उसके साथ नगर जा रहा था। दोनों आपस में बातें कर रहे थे तो इसी बीच मदन ने अपना दाहिना हाथ जेब में डालकर बीड़ी का बण्डल निकाला। एक बीड़ी निकालकर मुँह में डालकर जेब से निकाली हुई माचिस से सुलगा दी।

इस पर तरसेम ने उससे पूछा, "आप दिन में कितनी बीड़ियाँ पीते हो?" "बस एक ही बण्डल" मदन ने जवाब दिया। इस पर तरसेम ने एक बार फिर से पूछा था, "एक बण्डल कितने रुपये का आता है?"

मदन ने अपने मन में सोचा था कि यह भी कोई पूछने की बात है, सब जानते हैं कि "गणेश बण्डल बीड़ी" कितने का है और फिर साधारण तरीके से तरसेम ने जवाब दिया, "तीन रुपये का है" और फिर बीड़ी को दोनों होठों के बीच दबाकर लम्बी साँस लेकर बीड़ी का धुआँ अन्दर खींचने लगा।

तरसेम ने कुछ क्षण रुक कर मदन की तरफ़ देखा और कहने लगा–"इसका मतलब कि आप एक दिन का बीड़ी का तीन रुपये ख़र्चा करते हैं एक महीने का 90 रुपये और एक साल में एक हज़ार रुपये से भी ज़्यादा।"

यह सुन कर मदन हैरान हो गया था कि एक साल में एक हज़ार रुपये से भी ज़्यादा वह बीड़ियों पर ख़र्च कर देता है। उसने तो कभी एक-दो दिन से ज़्यादा हिसाब ही नहीं किया था। उसकी बीड़ी हाथ में ही रह गयी और चेहरे पर साफ़

नज़र आने लगा जैसे किसी को कोई गलती करते पकड़ लेता है।

उधर तरसेम के चेहरे पर सन्तुष्टि के भाव आ गये क्योंकि वह यही तो मदन को एहसास दिलाना चाहता था। तरसेम ने अपनी बात आगे बढ़ाई—"अगर आप चाहो तो यही एक हज़ार रुपया बचा सकते हो और अपने बच्चों की पढ़ाई पर लगा सकते हो। और सेहत भी ख़राब नहीं होगी।"

मदन के चेहरे पर गलती के भाव उभर कर ज़िन्दगी की ख़्वाहिशों के भाव में परिवर्तित होने लगे। क्योंकि तरसेम ने उसे एक नया रास्ता दिखा दिया था।

मदन के मन में विचार आया, यही फ़ायदा है पढ़ाई करने का। मुझे तो कभी दिमाग़ में यह आया ही नहीं था। उस दिन के बाद उसने कभी भी अपने पैसों से बीड़ी नहीं ख़रीदी पर कभी इधर-उधर से मिल जाये तो पी लेता था। बाद में तो उसने बीड़ी पीना ही बिल्कुल बन्द कर दिया था।

मदन यह भी सोच रहा था कि और भी कितने लोग हैं जो पढ़े-लिखे हैं पर इतनी हमदर्दी से और इतने स्पष्ट तरीके से कभी किसी ने उसको नहीं समझाया था।

यक़ीन भी क्यों नहीं आता क्योंकि तरसेम का पिता शैलोराम भी तो गरीब ही था। शैलोराम ने गरीबी में ही तरसेम को पढ़ाया था।

तरसेम तीन-चार साल पहले ही 10+2 स्कूल में लेक्चरर लगा था। मदन के मन में बहुत बड़ी अभिलाषा थी कि उसके बच्चे भी बड़े होकर पढ़-लिख कर तरसेम की तरह नौकरी करें, बड़े अफ़सर बनें। इसीलिए मदन ने तुरन्त बीड़ी पर ख़र्चा बन्द कर दिया था।

स्कूल जाने वाले बच्चों को देखते-देखते और हर दिन की तरह अपने मन में विचारों के महल बनाते-बनाते नगर में पहुँच गया। आधा बाज़ार पार करने के बाद चौक में थोड़ू के ढाबे में पहुँच गया।

नगर में दो ही ढाबे हैं दूसरा ढाबा भी पास ही है। थोड़ू का ढाबा ज़्यादा मशहूर है। इस नगर में आने वाली और यहाँ से गुज़रने वाली सभी गाड़ियाँ लगभग इन्हीं दोनों ढाबों के सामने रुकती हैं। बसों के ड्राइवर तथा कंडक्टर अधिकतर थोड़ू के ढाबे पर ही खाना खाते हैं।

थोड़ू अपने ढाबे में झाड़ू लगाता-लगाता ढाबे का कूड़ा बाहर निकाल रहा था। मदन ढाबे से बाहर निकलते हुए सूरज की किरणें पड़ती एक बेंच पर बैठ गया। थोड़ू राम ने झाड़ू से नीचे गिरे हुए चावल-दाल और हड्डियों से भरा हुआ कूड़ा दुकान से बाहर निकाल कर सड़क के मध्य में ढेरी बना दी और एक हाथ में झाड़ू लेकर फिर ढाबे के अन्दर पीछे चला गया और झाड़ू रख कर वापस आ गया। पुरानी अख़बार को तीन-चार तह लगाकर एक पंखा जैसे बनाकर अँगीठियों के पास आ गया। अँगीठियों में पहले से नीचे काग़ज़ और फल की पेटियों की पटियाँ और उस पर

पत्थरी कोला डाल कर आग लगाई हुई थी। अँगीठियों से सफ़ेद धुआँ निकल कर दुकान में भर चुका था। धुएँ से ढाबे की छत और दीवारें पहले से काली हो चुकी थीं। थोडू पुरानी अख़बार के बनाये पंखे से अँगीठी के रोशनदान से हिला-हिला कर हवा देने लगा। हवा का झोंका अँगीठी से होते हुए ऊपर उभरता और सफ़ेद कार्बन मोनोआक्साइड से भरा हुआ धुआँ और थोड़ी-सी आग की लपट को भी साथ ले आता।

थोडू और उसका नौकर पंजू दोनों एक-एक अँगीठी को हवा दिये जा रहे थे। हवा के झोंके से अगर यह धुआँ थोडू या पंजू की तरफ़ आता तो बीच में अख़बार के पंखे को रोककर खाँस लेते।

थोडू काले रंग तथा दरम्याना क़द का था। मोटा नाक, मोटे काले होंठ, घुँघराले बाल और पेट निकला हुआ। मुँह से रात की पी हुई शराब की मन्द-सी बू अभी भी आ रही थी। आँखें धुआँ लगने से और लाल हो गयी थीं।

कुछ देर बाद दोनों अँगीठियाँ बराबर जल उठी थीं और धुआँ निकलना बन्द हो गया था। थोडू उठ कर अन्दर ग्राहकों के बैठने वाले बेंच पर आ कर बैठ गया।

मदन भी थोडू के पास आकर बैठ गया और साथ ही बेंच पर रख कर मछलियों की पोटली खोलने लगा। थोडू ने दायाँ हाथ आगे बढ़ा कर सबसे बड़ी मछली को पकड़ा, परखा, हाथ से ही तोला और फिर सामने पड़े एक खाली पतीले में फेंक दिया। इसी तरह एक-एक करके सारी मछलियों को उसी पतीले में फेंक दिया। अपने कुर्ते से मछली वाले हाथ साफ़ किये और दायें हाथ से अपने कुर्ते के दायीं तरफ़ वाली जेब से नोटों की गड्डी निकाली और दो पचास-पचास के नोट निकाल कर मदन के हाथ में दे दिये।

"पंजू यह मछलियाँ साफ़ कर लो।" थोडू ने नौकर की तरफ़ देखते हुए कहा।

मदन लगभग 15-20 मिनटों तक थोडू से बातचीत करता रहा और उसके बाद लगभग पूरा बाज़ार पार करने के बाद देसू महाजन की करियाना की दुकान पर पहुँच गया। लोग आमतौर पर इसे देसू शाह कह कर ही बुलाते थे। मदन ने देसू शाह की करियाना की दुकान की दो छोटी-छोटी सीढ़ियाँ चढ़ीं और दुकान पर आ गया। दुकान के अन्दर आते ही बायीं तरफ़ एक तख्तपोश पर देसू शाह बैठा हुआ था जिसने अपनी बायीं तरफ़ रुपयों का गल्ला रखा हुआ था और दायीं तरफ़ लाल जिल्द वाले बड़े-बड़े पाँच-छह उधार लिखने वाले रजिस्टर रखे हुए थे। देसू शाह साठ-पैंसठ साल का पतली क़द-काठी का था। मुँह से दाँत गिरने के कारण गाल अन्दर की ओर चले गये थे। दाढ़ी काट कर नहा कर गोरा मुँह और लम्बे कंघी किये हुए बालों पर तेल चमक रहा था। माथे पर सिन्दूरी लम्बा टीका। देसू शाह के लगभग सिर के ऊपर दीवार पर धन का आशीर्वाद देने वाली लक्ष्मी माता और

श्री गणेश की तस्वीरें लगी हुई थीं। दोनों तस्वीरों पर ताज़ा गुट्टे के फूलों के हार लटक रहे थे और दोनों तस्वीरों के नीचे अगरबत्ती अपना सफ़ेद धुआँ छोड़ रही थी। तस्वीरों के नीचे देसू शाह सफ़ेद पाजामा-कुर्ता पहने पालथी लगा कर बैठा हुआ था।

मदन ने देसू शाह को सिर को नीचे झटका देते हुए नमस्ते की और उसके सामने दायीं ओर लगे बेंच पर बैठ गया।

देसू शाह आदत से तेज़-तेज़ बोलता था और इसीलिए तेज़ी से मदन को जवाब दिया और फिर से मदन के साथ बेंच पर पहले से बैठे ग्राहक के साथ बातें ज़ारी रखते हुए उसकी तरफ़ देखने लगा।

"सुना है कल मन्त्री जी आ रहे हैं और बहुत बड़ी सभा को सम्बोधित करेंगे।" वहाँ पहले से बैठे हुए एक ग्राहक ने देसू शाह से पूछा।

"हाँ"—देसू शाह ने जवाब दिया।

"और सब गरीब परिवारों को जिनके घर नहीं हैं उनको घर बनाने के लिए मन्त्री जी खुद अपने हाथों रुपयों के चेक बाँटेंगे।"—देसू शाह ने कहा। मन्त्री जी स्वयं अपने हाथ से चेक बाँटेंगे ग्राहक ने आश्चर्य से पूछा।

देसू शाह ने इस बात को अपने चेहरे के भाव से ही गलत बताते हुए कहा—"अब चुनाव कुछ महीने ही दूर हैं और सत्ता में बैठे मन्त्री और पार्टी के लोगों के वोट अपनी तरफ़ खींचने के लिए यह सब कर रहे हैं।"

इस पर देसू शाह के सामने बैठे ग्राहक ने भी गर्दन हिलाते हुए हाँ में हाँ मिलाई।

"पिछले चार सालों से भी ज़्यादा समय में तो कुछ किया नहीं और अब चुनाव सिर पर हैं और अब सरकार को सारे काम याद आ रहे हैं।" शाह ने फिर अपनी बात को दोहराया।

देसू शाह की राजनीतिक विचारधारा सत्ता में पार्टी के विपरीत है और जो ग्राहक देसू शाह के साथ बात कर रहा था उसकी भी।

मदन बेंच पर बैठे-बैठे इस वार्तालाप का चुपचाप सुन रहा था। उसका पूरा ध्यान इस वार्तालाप से जुड़ा हुआ था। अति गरीब परिवार जिनके अपने घर भी नहीं हैं उनके घर बनाने के लिए रुपयों के चेक बाँटने की बात सुनने के बाद तो मदन की रुचि और बढ़ गयी थी। मदन इस इन्तज़ार में था कि इस विषय पर वह और भी कुछ बोले पर देसू शाह ने तो बात को ही गलत करार देते हुए ख़त्म कर दिया था।

इस पर मदन के मन में सोच की प्रतिक्रिया होने लगी। एक के बाद एक बात मन में आने लगी—'मन्त्री जी आख़िर कितने अच्छे हैं। गरीब परिवार जिनके अपने पक्के घर नहीं हैं उनके घर बनाना चाहते हैं। इससे क्या फ़र्क़ पड़ता है कि चुनाव आने वाले हैं। देसू शाह को क्या पता कि जिनके पक्के घर नहीं हैं, सरकण्डे की झोंपड़ियों में रहना कितना कठिन है। सर्दियों में शीत का कितनी मुश्किल से सामना

करना पड़ता है। सर्दियों की बरसात में तो रात शीत से सिकुड़ते-सिकुड़ते निकल जाती है और अगर बर्फ़ानी ठण्डी हवा चले तो वह न सिर्फ़ झोंपड़ी के अन्दर से ही होती जाती है बल्कि पुरानी ली हुई रज़ाई के अन्दर से होती हुई जिस्म को छूती जाती है। गर्मियों में जब शाम को तेज़ आँधी तूफ़ान चलता है तो कई बार तो ऐसा लगता है जैसे यह झोंपड़ी की छत ही उड़ा कर ले जायेगा। तूफ़ान हर ओर मिट्टी-मिट्टी कर देता है। यहाँ तक कि खाने की कोई चीज़ हो उसमें भी। तेज़ हवाओं में तो घर में भी दीपक नहीं जल सकता। सरकण्डे की झोंपड़ी में आग लगने के डर से घर में चूल्हा भी नहीं जला सकते। कितनी बार खुद तो भूखे ही सोना पड़ता है पर अपने सामने छोटे-छोटे बच्चों को भूखे ही सोते देखना पड़ता है। क्योंकि जब आँधी-तूफ़ान कम होता है तभी चूल्हे में आग जलाकर खाना बनाते हैं। तब तक देर हो जाती है और बच्चे खाना माँगते-माँगते रोते हुए सो चुके होते हैं। तब आधी-आधी रात में बच्चों को नींद से जगाना और खाना खिलाना। अपने बच्चों को ऐसे भूखे सोते हुए देख कर कितना बेबस और निराश महसूस करता हूँ। मदन अपनी सोच की रेलगाड़ी में चल ही रहा था कि इतने में सोहन ने उसे पूछा—"आपको क्या लेना है।"

सोहन देसू शाह का बेटा था और सारे उसे आमतौर पर सुन्ना ही कहते थे। देसू शाह तो दुकान पर केवल गल्ले पर बैठा रुपये-पैसे का लेन-देन और ग्राहकों से बातचीत ही करता था, बाकी दुकान का काम ग्राहकों को करियाना-सामान तोल-गिनकर सुन्ना ही देता था।

मदन ने सुन्ने को अपना एक-डेढ़ दिन का आटा, चीनी, तेल आदि बताया। सुन्ने ने मदन के कहने के अनुसार बायें हाथ में पकड़े हुए लटकते तराजू से एक-डेढ़ दिन का करियाना तोल कर मदन को दे दिया। तब तक बाकी सब ग्राहक जा चुके थे। देसू शाह उर्दू का अख़बार पढ़ रहा था। मदन ने रुपये देसू शाह को दिये बाकी का हिसाब करके बकाया रुपये वापस लिए और देसू शाह को चरण वन्दना कहते हुए दुकान से बाहर आ गया।

बायें हाथ में करियाना का लिफ़ाफ़ा पकड़े हुए दायें हाथ से अपने ऊपर ओढ़ी लोई को सीधा करते हुए दुकान के थड़े से नीचे उतरता हुआ बाज़ार की सड़क पर आ गया और फिर वापस घर की ओर चल पड़ा।

सूरज ऊपर आने लगा था। धूप से सर्दी का प्रकोप भी कम होने लगा था। मदन के मन में गरीब परिवारों को पक्का घर बनाने के लिए सरकार की योजना, मन्त्री द्वारा दिये जाने वाले रुपयों के चेक और अपने घर की सोच की लड़ियाँ फिर से जुड़ने लगीं। सरकार सब गरीबों को पक्का घर बनाने के लिए रुपये दे रही है। उसको भी पक्का घर बनाने के लिए सरकार पैसे देगी। अगली सर्दियों से पहले उसका भी पक्का कमरे का घर होगा। वीरूमल की तरह, अगले साल सर्दियों में

वह भी पक्के कमरे के मकान में रह रहा होगा। सर्दियों में वह भी रात को खिड़की और दरवाज़ा बन्द कर के सोयेगा ताकि सर्दी से बच सकें। कमरे के अन्दर जब चूल्हा जलाकर खाना पकाया करेंगे तो कमरा और भी गर्म हो जाया करेगा। रात को शीत लहर का सामना भी नहीं करना पड़ेगा। सर्दियों की बरसात में शीत लहर में अपने बच्चे भी वीरूमल के बच्चों की तरह पक्के कमरे में चैन से सो सकेंगे। बीच में अपने एम.एल.ए. के बारे में सोचने लगा और फिर सरकार कितनी अच्छी है। इन्हीं के कारण ही तो यह सब सम्भव हो रहा है।

अब तक मदन ने बाज़ार सारा पीछे छोड़ दिया था और उसको शायद पता ही नहीं चला कि कब वह बाज़ार से गुज़र गया।

घर की सोच की लड़ी फिर से उसके मन में जुड़ते हुए आगे चलती गयी। वह अब अपना पक्के कमरे के घर का दृश्य अपनी आँखों के सामने देखने लगा। गर्मियों में खिड़की खोल कर दिन की गर्मी से बच सकेंगे, आँधी-तूफ़ान आया तो खिड़की दरवाज़ा सब बन्द कर लेंगे और आँधी-तूफ़ान में भी अन्दर चूल्हा जला कर खाना पका लेंगे।

आँधी-तूफ़ान वाले दिन बच्चों को भूखा भी नहीं सोना पड़ेगा। बरसात में ज़्यादा तेज़ बारिश से छत से पानी भी नहीं टपकेगा। अगर कभी परिवार के सभी सदस्यों को बाहर जाना हो तो दरवाज़ा बन्द कर के ताला भी लगा सकेंगे। इसी तरह मदन अपने घर के बारे में सोचते-सोचते अपने बचपन के घर की ओर चला गया।

2

मदन जब छोटा बच्चा ही था तब भी गाँव से बाहर सरकण्डे की झोंपड़ी ही उनका घर था। सारा परिवार इसी में रहता था। गर्मियों में मदन की माँ झोंपड़ी के चारों तरफ़ दीवारों की जगह सरकण्डे की लकड़ियों को मिट्टी से लीपती। सरकण्डे की लकड़ी पर मिट्टी लगने से वह कच्ची मिट्टी की दीवार की तरह दिखने लगता और इसके बीच के छिद्र जिससे आर-पार दिखता है और हवा भी गुज़र जाती है लगभग बन्द हो जाते। सरकण्डे की लकड़ी पर मिट्टी को चिपका कर ठहरा देना आसान नहीं होता पर मदन की माँ इसमें बड़ी माहिर थी। वह दायें हाथ से मिट्टी का लोथा हाथ में लेती, आहिस्ता से द्रेह पर रख कर हाथ को ऊपर की तरफ़ सरकण्डे के ऊपर मलते हुए मिट्टी को सरकण्डे के ऊपर बिछाते हुए चिपका देती। मदन और उसके भाई-बहन माँ की नकल करते हुए मिट्टी को लकड़ी पर चिपकाने की कोशिश करने लगते पर नहीं होता। मदन का पिता सरदारी लाल चिकनी मिट्टी लगभग एक किलोमीटर दूर से टोकरियों में ढो कर लाता। आँगन में चिकनी मिट्टी का ढेर लगा कर पहले मिट्टी के टुकड़ों को तोड़ कर उसके बीच पानी डाल कर ठहराने की जगह बनाता। बीच में पानी डाल कर पाँव से मसल-मसल कर घानी बनाता। मदन और उसके दूसरे भाई-बहन भी घानी में घुस कर पाँव से क़दम-ताल करते और मिट्टी में खेलने का मज़ा लेते। बहुत बार सरदारी लाल बच्चों को कहता पीछे हटो, आपको और कोई काम नहीं तो बच्चे थोड़ी देर के लिए पीछे होते और फिर से मिट्टी में घुस जाते।

मदन गीली मिट्टी से चार पहिये बनाता, मिट्टी की ही गाड़ी बनाता, और उनको धूप में सुखाता। शाम तक गाड़ी के पहिये सूख कर पक्के हो जाते। मदन अपने पिता सरदारी लाल को पहिये वाली गाड़ी बनाने के लिए बोलता सरदारी लाल भी अपने बच्चों को पहियों वाली गाड़ी बनाकर देता और बड़ी खुशी महसूस करता।

शायद इसलिए भी कि वह अपने बच्चों को कभी कोई खिलौना बाज़ार से ख़रीद कर नहीं दे पाया था। कई बार तो सरदारी लाल इन खिलौनों को पहले चूल्हे में राख के नीचे दबा देता और खाना पकाने के बाद तक यह भी चूल्हे की आँच से पक कर ईंट की तरह पक्के हो जाते। पकी हुई मिट्टी से बने पहिये वाली गाड़ी को आगे

रस्सी बाँध कर अक्सर अपने साथ जहाँ भी जाते अपने पीछे-पीछे खींच कर ले जाते।

मदन जब कभी भी अपनी माँ के साथ पाँच-छह किलोमीटर दूर गाँव में अपने ननिहाल जाता, उसको वहाँ बहुत प्यार मिलता। ननिहाल में पहुँचते ही मदन की माँ अपनी माँ के पास जाकर बैठती। नानी मदन की माँ के सिर पर हाथ फेरती और फिर उसको गले लगा लेती।

नानी साठ साल से तो कम आयु की ही होगी पर चेहरे से सौ साल की लगती थी। पूरा चेहरा झुर्रियों से छुहारे की तरह बन गया था। आँखों से नज़र जा चुकी थी। शरीर मुश्किल से हड्डियों का छोटा-सा ढाँचा ही रह गया था। नानी अक्सर मैली सफ़ेद चादर लपेटकर गिद्दी बाँध कर रखती थी। मदन की मामी जो सारा दिन घर में काम करती रहती थी, वह भी माँ के पास आकर उनके पाँव छूती और फिर माँ उनको उठा कर अपने गले लगा लेती। माँ, मामी और नानी पास-पास बैठ कर बातें करने लगतीं और मदन मामा की तीनों लड़कियों के साथ खेलने लगता।

शाम को मामा के घर आने पर, सूरज अस्त होने से पहले ही सब खाना खा लेते। रात को सारा परिवार सरकण्डे से बने हुए घर में सो जाता। उन दिनों कभी किसी को यह विचार नहीं आता कि उनका पक्का कमरे का घर क्यों नहीं है। क्योंकि मदन के दूर-दूर तक के झीवर रिश्तेदारों का पक्का घर नहीं था। और फिर इस इलाके के दूसरे कामगार भी तो ऐसे ही रहते थे।

मदन जैसे-जैसे बड़ा होता गया, उसके माँ-बाप भी उमर में चढ़ते गये और आहिस्ता-आहिस्ता जवानी ढलती गयी। कुछ लोगों के घर के हालात सुधरने लगे, और उनके झोंपड़े छोटे-छोटे एक कमरे के पक्के घरों में बदलने लगे लेकिन मदन का परिवार बड़ा हो गया। भाई-बहनों की शादियाँ भी हो गयीं। अलग-अलग से भी रहने लगे। भाई-बहनों के आगे परिवार भी बनने लगे पर यह सब अभी भी झोंपड़ी के घरों में ही रहते थे।

एक साल पहले मदन की माँ को सर्दियों में बुखार आया। मदन भी अपनी माँ का हाल जानने के लिए उनके पास जा बैठा। मदन का पिता सरदारी कह रहा था, "हमारा भी अगर एक पक्का कमरा बन जाये तो हम भी बुढ़ापे का सुख देख लेते।"

हमारे खानदान-रिश्तेदारों में अभी तक किसी का पक्का मकान तो बना नहीं तो हमारा कैसे बन जायेगा। मदन की माँ ने लम्बी साँस लेकर कहा था। माँ की बात सुनकर मदन भी अपने विचारों को अपने खानदान-रिश्तेदारों में दौड़ाने लगा। ससुराल के रिश्तेदारों में भी उसको किसी का पक्का घर नहीं मिला। सिवाय तरसेम के जिसने पक्का घर बनाने के लिए ईंटें मँगवाई हुई थीं। लेकिन पक्का घर अभी वह भी नहीं बना पाया था। कुछ रिश्तेदारों की झोंपड़ियाँ बड़ी ज़रूर थीं या कुछ रिश्तेदारों की एक की जगह दो झोंपड़ियाँ थीं।

यह सब बातें याद करते-करते मदन अपने गाँव की गलियों से गुज़रता हुआ अपने घर भी पहुँच गया। आज उसको रास्ते का और वापसी के सफ़र का पता ही नहीं चला था।

मदन ने करियाना का लिफ़ाफ़ा कान्ता को थमाते हुए कहा, "बहुत भूख लगी है कुछ खाने को दो।"

"रात के बचे हुए चावल और मछली की सब्ज़ी से बच्चों को नाश्ता करवा दिया है। मुझे भी भूख लगी है। आपका ही इन्तज़ार कर रही हूँ।" कान्ता ने कहा।

करियाना का लिफ़ाफ़ा जिसमें आटा भी था लेकर कान्ता झोंपड़ी के दरवाज़े में से जो कम ऊँचाई का था, नीचे झुककर झोंपड़ी के अन्दर चली गयी।

बड़े लिफ़ाफ़े से आटे का लिफ़ाफ़ा निकाला और सिलवर की परात में छानना शुरू कर दिया।

परात में सूखा आटा और एक पतीले में पानी लेकर बाहर टोयाले में चूल्हे के पास आकर आटा गूँधने लगी। यहाँ मदन बुझी हुई आग में सरकण्डे के तीले और जलाने वाली छोटी-छोटी लकड़ियाँ डाल कर आग को फिर से जलाने की कोशिश कर रहा था।

कान्ता ने आटा गूँध कर इकट्ठा कर के गोल परात के एक किनारे पर लगा दिया और आटे वाले हाथ पानी वाले पतीले में धोने लगी। अब तक चूल्हे में आग अच्छी जल उठी थी। कान्ता को हाथ धोते देख मदन ने चूल्हे के पीछे पड़ा तवा जलती हुई आग में चूल्हे के ऊपर रख दिया।

कान्ता एक बार हवा की तरह तेज़ी से अन्दर गयी और चकला-बेलन और थोड़ा-सा सूखा आटा थाली में डाल कर ले आयी।

कान्ता ने बेलन से गोल आकार की रोटी बनाकर दोनों हाथों की हथेलियों के बीच एक से दूसरे हाथ पर फेंक कर ज़्यादा से ज़्यादा पतला करने के बाद दाहिने हाथ से गर्म तवे पर डाल दी। तवे पर पलट कर रोटी को दोनों तरफ़ पकाने के बाद चूल्हे में जलते अंगारों पर सेंक कर मैली-सी पुरानी एरण्ड की छाबड़ी में डाल दी।

दो रोटियाँ तैयार होने के बाद कान्ता ने सिलवर के पतीले से कटोरी में मछली के दो टुकड़े थोड़ा-सा रस डाल कर मदन की तरफ़ कर दी। मदन ने कटोरी पकड़ कर अपने आगे रखी और छाबड़ी से खुद ही दोनों रोटियाँ अपने दायें हाथ में पकड़ लीं। दायें हाथ से एक रोटी से छोटा टुकड़ा काटा, कटोरी में सब्ज़ी की तरी से गीला किया और पहले से खुले मुँह में डाल कर चबाते-चबाते खाना शुरू कर दिया।

मदन के दिमाग़ में बहुत सारी बातें चल रही थीं पर भूख से उसकी बोलने की हिम्मत नहीं हो रही थी। एक-दो रोटी खाने के बाद शरीर में कुछ हिम्मत आयी। मदन ने खाना खाते बीच में कान्ता को बताया, कल इतवार है और मन्त्री जी नगर

में आ रहे हैं वह बहुत बड़े जलसे को सम्बोधित करेंगे।

"क्यों आ रहे हैं?" कान्ता ने गर्दन उठा कर मदन की ओर देखते हुए पूछा।

"सब गरीब परिवार जिनके पास कोई झोंपड़ी या कोई घर नहीं है उनको पक्का कमरे का घर बनाने के लिए मन्त्री जी ने रुपयों के चेक देने हैं।"—मदन ने भी कान्ता के चेहरे की ओर देखते हुए कहा।

पक्का घर बनाने के लिए रुपयों का चेक मिलने की बात सुनते ही कान्ता की रुचि एकदम बढ़ गयी। कान्ता के चेहरे पर भी ख़ुशी की लहर दौड़ गयी थी। वह भी बहुत गरीब थे। उनका भी घर तो पक्का नहीं था, सरकण्डा इस्तेमाल करके झोंपड़ी ही बनाई हुई थी। उनको भी पक्का घर बनाने के लिए रुपयों का चेक मिलेगा क्योंकि उन्होंने पहले से ब्लॉक कमेटी को अपना नाम लिखवाया था जब गाँव में वे घर परिवारों के नाम लिख रहे थे।

कान्ता ने तवे पर रोटी पलटते हुए मदन को सुझाव दिया—"हम मकान बनाने के लिए मंगे मिस्त्री को लगायेंगे।"

मदन ने रोटी चबाते हुए गर्दन हिला कर हाँ में हाँ मिलाने का संकेत दिया।

कान्ता तो ख़यालों के महल बनाना शुरू कर रही थी। कान्ता ने अपनी अधूरी बात को आगे बढ़ाते हुए—"हम किसी मज़दूर को नहीं लगायेंगे। मैं सुबह जल्दी उठ कर खाना पका लिया करूँगी। बाकी के काम भी जल्दी ख़त्म करके आपके साथ मकान के काम में हाथ बँटाऊँगी।"

कान्ता के जीवन का सबसे बड़ा सपना यानी अपना पक्का कमरे का घर बनने की उम्मीद पूरी होते देख, कान्ता का सूखा हुआ काले रंग का चेहरा चमक उठा। आने वाले कल में बदलती किस्मत की ख़ुशी के अंश कान्ता के चेहरे पर आसानी से पढ़े जा रहे थे जैसे सूखे चेहरे पर लम्बा नाक अलग से दिख रहा था। कान्ता के अन्दर के दबे हुए ख़ुशी के जज़्बात उसके चेहरे द्वारा बाहर निकलने लगे जैसे नदी की लहरें किनारों से बाहर छलकने लगती हैं। कान्ता की उम्मीदों के जज़्बात तो मानो आज सारे बाँध तोड़ कर आगे ही आगे बहते जा रहे थे। कान्ता ने अपनी बात को आगे बढ़ाया—"मेरी बहुत दिनों से ख़्वाहिश है कि हमारे घर में भी बिजली के बल्ब हों। हमारा कम्बा, कमलेश और उषा भी गुलचैन सिंह सरपंच के बच्चों की तरह रात को बिजली की रोशनी में पढ़ें।"

मदन बहुत ध्यान से कान्ता के चेहरे को देखने लगा। उसकी खाना खाने की रफ़्तार भी थोड़ी देर के लिए कम हो गयी। मदन कान्ता के चेहरे पर उसके अन्दर छिपी हुई आकांक्षाओं को जुबान और चेहरे के जरिए बाहर आते हुए आसानी से देख रहा था। कान्ता की बातें सीधी मदन के दिल को छू रही थीं क्योंकि वह खुद भी तो कई बार अपने मन में ऐसा ही सोचता था।

पेट भर खाना खाने के बाद मदन ने और रोटी लेना बन्द कर दिया। मदन ने उठ कर टोयाले के बाहर घड़ौंची में पड़े एक मटके से गिलास भर कर पानी लिया। आँगन में बाहर गली की तरफ़ मुँह करके एक-दो घूँट पानी पिया और घूँट भर पानी से तीन-चार कुल्ले कर के पानी मुँह से बाहर गली में फेंक दिया। इसी तरह तीन-चार बार किया और बाकी पानी से हाथ साफ़ कर खाली गिलास लेकर वापस मुड़ कर अपनी झोंपड़ी को देखने लगा, जिसका छत दो बरसात गुज़र जाने के बाद ऊपर से काला पड़ना शुरू हो गया था। छत के ऊपर सरकण्डे की बाहर की परत टूट-टूट कर छोटे-छोटे टुकड़ों में बँटना शुरू हो गयी थी। नयी झोंपड़ी बनाने पर सरकण्डे के जो तीले ऊपर बेकाबू होकर बाहर निकल कर बिखर रहे थे, अब दो बरसात के बाद पानी तथा सूरज की धूप की गर्मी से टूट कर सुनहरी रंग से काले-ग्रे रंग के होकर सीधे हो चुके थे। अगली बरसात से बचने के लिए इस झोंपड़ी की छत पर कम से कम एक सरकण्डे की पतली-सी तह पुराने छत के ऊपर और लगाने की ज़रूरत है। जिसके लिए मदन ने दो-तीन हफ्तों में पास वाली खड्ड से पका हुआ सरकण्डा काट कर लाना है। मदन सोच रहा था कि क्यों न अगली बरसात से पहले ही वह कमरा खड़ा कर ले ताकि झोंपड़ी पर लेप डालने का काम भी टल जाये। यह सोचते-सोचते मदन लौट कर फिर से टोयाले में आकर अपनी जगह पर बैठ गया।

कान्ता ने अपने लिए दो ही रोटियाँ बनाईं और चूल्हे में जलती हुई लकड़ी को दायें हाथ से पकड़ कर गर्म तवे को लकड़ी से धकेल कर टोयाले की दीवार के साथ खड़ा कर दिया। पतीले में बचा हुआ मछली का टुकड़ा और सब्ज़ी की तरी कटोरी में डाली और खुद भी रोटी खाने लगी। कान्ता का सारा ध्यान अभी भी पक्के कमरे के घर की तरफ़ था।

"हम टोयाले के आगे वाली खाली जगह में कमरा बनायेंगे और इसका दरवाज़ा सामने वहाँ गली में रखेंगे"—रोटी खाते हुए कान्ता ने कहा।

"यह ठीक रहेगा, यहाँ से बिजली का खम्भा भी गली में पास रहेगा।" मदन ने भी तुरन्त जवाब दिया।

मदन ने तो मन में यह भी फ़ैसला कर लिया था कि नींव की खुदाई वह खुद ही करेगा और जो भी काम वह खुद कर सकता है वह खुद ही करेगा। मदन उन सब ढंगों पर सोच रहा था कि जिससे उसकी ज़्यादा से ज़्यादा बचत हो पाये। दरवाज़े और छत पर शहतीर-बल्लियों के लिए लकड़ी के बारे में वह अपनी सोच को चारों ओर दौड़ाने लगा।

यहाँ तो लोग आमतौर पर बरसात में नदी में आयी हुई लकड़ी ही पकड़ कर इस्तेमाल करते थे। नौजवान तैराक लड़के तो बहुत सारी लकड़ी पकड़ कर ज़मीन

में छुपा कर रख देते थे और बाद में बेचते थे। यह तो बाज़ार के दाम से आधे से भी कम दाम पर बिकती थी।

"दीवारों की चिनाई के लिए मिट्टी हम साथ के गाँव से रोज़ का एक फेरा ले आया करेंगे"—कान्ता ने कहा जिस पर मदन ने सिर्फ़ गर्दन हिला कर हाँ में हाँ मिला दी। इसी तरह वह दोनों पक्का कमरे का घर बनाने की योजनाओं में लग गये।

शाम हो गयी थी। मदन बड़ी बेसब्री से अगले दिन का इन्तज़ार कर रहा था। आज उसको अपने अन्दर एक नयी हिम्मत और जोश महसूस हो रहा था। आज उसके जिस्म की रगों में ख़ून भी तेज़ दौड़ रहा था। मदन चाहता था कि आज का दिन जल्दी से ख़त्म हो जाये और जल्दी से अगला रविवार का दिन शुरू हो जाये क्योंकि कल रविवार को उसे अपना पक्का कमरे का घर बनाने के लिए रुपयों का चेक मिलने वाला है।

कान्ता और मदन की ज़िन्दगी में यह एक बहुत बड़ा दिन आने वाला था। दोनों के खानदान में अभी तक पक्का कमरे का घर किसी का नहीं था, सिवाय तरसेम के घर के। वह दोनों सोचते भी नहीं थे और न ही उन्होंने कभी उम्मीद की थी कि किसी दि ; उनका भी पक्का कमरे का घर होगा।

मदन जब बचपन-लड़कपन में था तब भी वे सरकण्डे से बनी झोंपड़ी में रहते थे। वह बड़ा हुआ उसकी शादी हुई तब भी वह सरकण्डे से बनी झोंपड़ी में रहते थे। जब वह अपने माँ-बाप से अलग हुआ, उसने बड़े भाई की मदद से अलग से सरकण्डे की एक झोंपड़ी बनायी और उसमें रहने लगा।

मदन के पास और कोई रास्ता भी नहीं था क्योंकि मदन की आमदनी का साधन सिर्फ़ नदी से मछली पकड़ कर बेचना ही था और या फिर कभी मज़दूरी मिल जाये तो दिहाड़ी पर मज़दूरी कर लेता था और मदन के परिवार की कोई ज़मीन भी नहीं थी जिस पर वह खेती कर सके। उनके पास तो बस गाँव के किनारे पर पाँच-छह मरले ज़मीन ही थी जिस पर उसका घर था। इसके अलावा गाँव में अगर किसी ज़मींदार के घर में शादी-ब्याह वगैरा कुछ होता तो वहाँ कान्ता जूठे बर्तन माँज कर कुछ कमा लेती थी।

जब किसी आमदनी का जरिया ही नहीं तो कान्ता या मदन कैसे सोच लेते कि उनके पास हज़ारों रुपये आयेंगे और वह अपना घर बना लेंगे।

आमदनी होती भी कैसे। आख़िर आमदनी वाली न तो इनके पास कोई विरासत है न ही खेती के लिए ज़मीन है, न ही वह कोई बड़ा काम जानता है, न ही वह पढ़ा-लिखा है कि उसकी कोई सरकारी नौकरी लगी हुई है। एक-एक दिन की मज़दूरी से तो उसके घर का चूल्हा जलता है।

मदन इसी तरह अपने विचारों की रेलगाड़ी में चलते-चलते 15-20 साल पहले

की ज़िन्दगी में चला गया जब वह अभी छोटा लड़का ही था। तब मदन का पिता सरदारी लाल इतना कमज़ोर नहीं था बल्कि अच्छा काम-काज कर लेता था। जब हाड़ी फ़सल की कटाई का मौसम आता तो सारे लोग भी दोपहर की गर्मी में भी खेतों में काम करते नज़र आते। मदन के पिता भी दिन में खेतों में काम करते नज़र आते। वह दो मटके एक मोटी-सी बाँस की लाठी के किनारों पर लगी रस्सियों में फँसा कर बहँगी बना कर नदी से पानी लाया करता। दूर से सरदारी लाल, पतली-छोटी क़द-काठी, मैला-सफ़ेद खद्दर का कुर्ता, वैसी ही धोती कन्धों पर बहँगी की लाठी के नीचे कन्धे पर लाल रंग का गमछा से पहचाना जाता था। नदी से लेकर कामगारों के काम करने वाले खेत तक, सरदारी लाल के कन्धे के ऊपर बहँगी उसके क़दमों के साथ बराबर ताल में झूमती मानो किसी संगीत पर नाच रही हो। यह झूलती बहँगी ही दूर से सरदारी लाल की पहचान कराती। सरदारी लाल जैलदार दयाराम के खेतों में काम करने वाले कामगारों को नदी से लाकर पानी पिलाता रहा था और इस तरह मदन के सामने वही दृश्य बनता चला गया।

3

जैलदार दयाराम इस इलाके में सबसे बड़ा ज़मींदार था। उसकी हवेली भी सबसे बड़ी थी। सबसे ज़्यादा कामगार उसके खेतों में और उसके घर में काम करते थे। जब भी खेतों में फ़सल लगाने का या कटाई का समय होता, जैलदार खुद खेतों में ज़रूर जाता। इसके अलावा भी वह हरी-भरी खड़ी फ़सल में भी ज़रूर एक हफ्ते में एक-दो बार चक्कर लगाता।

दोपहर का समय है। जैलदार दयाराम अपने घर में सफ़ेद पाजामा-कुर्ता पहन कर तैयार हो गया। पाँव में चमड़े की जूती और सिर पर सफ़ेद पगड़ी। नौकर को कहा—"घोड़ी तैयार कर के ले आओ।"

नौकर काली ऊँची-लम्बी घोड़ी तैयार करके दरवाज़े के पास खड़ा हो गया। जैलदार दयाराम पचपन-साठ साल का है पर अच्छी खुराक और सुखद जीवन के कारण जवान और ताकतवर दिखता है।

जैलदार दयाराम बाहर घोड़ी के पास आकर एक ही छलाँग लगाकर घोड़ी पर चढ़ गया। नौकर ने घोड़ी के सिर के ऊपर से लगाम जैलदार दयाराम के हाथ में थमा दी।

जैलदार दयाराम ने घोड़ी की लगाम खींची और पाँव की एड़ी से घोड़ी की छाती पर मारी कि घोड़ी देखते ही देखते खेतों की ओर हवा में उड़ने लगी।

मदन अभी छोटा लड़का ही था। उसने भी अपने पिता को कुछ राहत दिलाने के लिए उसके काम में हाथ बँटाने के लिए उसके साथ खेतों में जाना शुरू कर दिया था।

बैसाख (अप्रैल-मई) के महीने की 40 से 42 डिग्री सैल्सियस ताप की खुश्क गर्मी है और सरदारी लाल नदी से पानी का एक फेरा लगाने के बाद पेड़ की छाया में बैठ कर विश्राम कर रहा है और मदन अकेला ही नदी से पानी लेकर दूर से आता दिख रहा है। मदन के कन्धे पर रखी हुई दो मटकों की बहँगी मदन के चलते क़दमों की ताल से झूलती हुई बहँगी को सरदारी लाल दूर से देख कर अपने मन में बहुत गर्व महसूस कर रहा था। अब उसका बेटा भी काम सीख गया था। देखते-देखते

मदन पास आ गया। सरदारी लाल ने मदन को साथ लिया और फ़सल की कटाई करने वाले कामगारों के खेतों में पहुँच गया।

वहीं गाँव की तरफ़ से एक घुड़सवार काली घोड़ी पर खेतों की तरफ़ दौड़कर आता नज़र आया और सबको पता चल गया कि यह जैलदार दयाराम ही है। घोड़ी काम करने वाले कामगारों के पास आकर रुक गयी।

"सरदारी लाल यह लड़का कौन है, पहली बार देख रहा हूँ।" जैलदार दयाराम ने मदन को देख कर सरदारी लाल से पूछा।

"यह मेरा बेटा है माई-बाप"–सरदारी लाल ने झट से दोनों हाथ जोड़ कर जैलदार दयाराम को जवाब दिया।

"शाबाश सरदारी लाल, तुमने जल्दी अपने बेटे को काम सिखा दिया" यह कहते हुए घोड़ी को एड़ी मार कर जैलदार दयाराम घोड़ी दौड़ाते हुए आगे बढ़ गया।

जैलदार दयाराम की शाबाशी सुन कर सरदारी और मदन की ख़ुशी का ठिकाना न रहा। सरदारी लाल की छाती फूले न समा रही थी। जैलदार दयाराम से शाबाशी तो किसी विरले कामगार को ही मिलती और वह भी जब जैलदार दयाराम बहुत ही ख़ुश थे।

मदन और सरदारी के खुश होने का एक यह भी कारण था कि चार-पाँच दिन पहले सरदारी लाल के शरीकों के भाई शैलोराम पर जैलदार दयाराम नाराज़ हो उठा था। शैलोराम ने तरसेम को साथ लिया और बहुत खुशी और बड़ी उम्मीदें लेकर जैलदार दयाराम के पास आकर दोनों हाथ जोड़ कर खड़ा हो गया। तरसेम भी उसके साथ खड़ा था।

"शैलोराम क्या बात है? क्यों आये हो"–जैलदार दयाराम ने शैलोराम की तरफ़ देखते हुए पूछा।

"माई-बाप, मेरा बेटा आठवीं जमात पास हो गया है। आप जानते हैं मैंने इसे बहुत मुश्किल से पढ़ाया है। आप मनसुख राय साहब को सिफ़ारिश करा के तरसेम की नौकरी लगवा दो। माई-बाप आप ही हमारे सब कुछ हो"–शैलोराम ने एक ही साँस में यह सब कुछ बोल डाला।

"शैलोराम यह तुम क्या बोल रहे हो"–जैलदार दयाराम ने हैरान होते हुए कहा। "पढ़ना-लिखना तो ठीक पर अगर तुम्हारा बेटा भी नौकरी करने लगेगा तो गाँव में झीवरों द्वारा किया जाने वाला काम कौन करेगा? यहाँ से चले जाओ। अपने लड़के को भी साथ ले जाओ। इसे भी अपने साथ काम पर लगाओ। अगर ऐसे ही तुम्हारे बच्चे पढ़-लिख कर नौकरी करने लगेंगे तो जल्द ही गाँव में सारे कामगार ख़त्म हो जायेंगे।"

यह सुन कर शैलोराम को बहुत ठेस लगी और मायूस हो उठा। शैलोराम को

लगा कि शायद जैलदार दयाराम ठीक ही कह रहा है। उनकी किस्मत में कहाँ है सरकारी नौकरी करना। सरकारी नौकरी तो बड़े लोगों को मिलती है। शायद भगवान को यही मंजूर है। इसीलिए झीवर बनाया है। दूसरों की सेवा करना ही शायद हमारा धर्म है। यही पुण्य का काम है। इसी से भगवान जी ख़ुश हो जायेंगे। यह सोचते-सोचते शैलोराम ने तरसेम को साथ लिया और घर की ओर चल पड़ा।

तरसेम अपने पिता के साथ चुपचाप घर की ओर चलने लगा। तरसेम मन ही मन सोच रहा था क्यों मैं पढ़-लिख कर भी अनपढ़-शराबी लोगों के जूठे बर्तन उठाऊँ और साफ़ करूँ? क्यों दूसरों के घर में काम करूँ? अगर यह पुण्य का काम है, इससे भगवान जी ख़ुश हो जाते हैं तो यह सब काम वे लोग क्यों नहीं करते जो हमसे करवाते हैं? वे क्यों नहीं पुण्य का काम करते? वे क्यों नहीं भगवान जी को ख़ुश करते? यह सब झूठ है। यह सब हम गरीब कामगार लोगों को मूर्ख बनाने के लिए है। यह सब तरसेम के विचारों में आ रहा था पर जैलदार दयाराम के सामने बोलने की हिम्मत कहाँ थी। तरसेम के विचार उसके अपने ही अन्दर दब कर रह गये।

सरदारी लाल को मदन को झीवर के काम पर लगाने से शाबाशी क्या मिल गयी कि तीन-चार दिन तक सरदारी लाल और मदन के पाँव ही ज़मीन पर नहीं लग रहे थे। तपती दोपहर गर्मी में दोनों बाप-बेटा दौड़-दौड़ कर नदी से पानी लाते और खेतों में काम करने वाले बाकी सब कामगारों को पिलाते। 40 डिग्री तापमान में सिर पर धूप में कटाई करने वाले कामगारों के लिए फ़सल की कटाई और गहाई का काम इतना आसान नहीं होता। पूरा दिन फ़सल का एक-एक तिनका बायें हाथ से पकड़ना और दायें हाथ से दराँती चला कर काटना और बैठे-बैठे आगे बढ़ना। इसी तरह से पूरे खेत की फ़सल काटने के लिए बैठे-बैठे पाँव घसीट-घसीट कर पूरे खेत में घूमना। धूप में चेहरे का रंग न सिर्फ़ काला हो जाता बल्कि ऊपर की चमड़ी जल जाती। पूरा दिन पसीना निकल-निकल कर शाम तक जिस्म थक जाता और बिना कोई मज़दूरी लिए घर वापस जाना। इतनी थकावट के बावजूद भी सब कामगार पूरा दिन काम करके शाम को ख़ुश होकर घर जाते क्योंकि आज वह जैलदार दयाराम का काम करके आये हैं।

जब कभी किसी ज़मींदार के घर में कोई शादी-विवाह पर खाने का न्योता होता तो उस दिन सरदारी लाल सुबह-सवेरे ही पहुँच जाता। बचपन से ही मदन भी सरदारी लाल के साथ चला जाता। सुबह सबसे पहले कुएँ से पानी लाना और देगची, सखला, कड़ाही वगैरा सब को धोना। डॉहान में आग जलाना और आग पर दालों के सगले चढ़ाना। प्याज और सब्जियाँ काटना जिसमें अक्सर मदन मदद

करता था। बड़ी-सी कड़ाही में अम्बल बनाना जो अक्सर खाना खाने वालों की सबसे पसन्दीदा चीज़ रहती। सगले में चावल बनाना और टोकरी में पड़ी हुई टाट की बोरी से सगला उल्टा करके चावल टोकरी में रह जाते और चावलों की मांड नीचे बह जाती। इसी तरह से खाने की बाकी चीज़ें तैयार करना।

दिन में जब क़तारों में खाना खाने के लिए लोग बैठ जाते, एक तरांबी में चावल डाल कर बैठे हुए सब लोगों को बाँटना। बाल्टी में दाल डाल कर मग से सब खाना खाने वाले लोगों में पहले दाल और उसके बाद अम्बल बाँटना। खाना खा कर लोग जब उठ जाते, ज़मीन पर पड़ी हुई जूठी पत्तलें उठा कर एक टोकरी में डालकर इकट्ठा कर के बाहर फेंकना। मदन अपने पिता सरदारी लाल के साथ इन सब कामों में हाथ बँटाता था।

जब सब लोग खाना खा लेते तो बचे हुए खाने से सरदारी लाल अपने घर के लिए कुछ खाना निकाल लेता बाकी कामगार घरों से खाली बर्तन लेकर खाना लेने के लिए आये होते। बाकी का खाना सरदारी लाल उनमें बाँट देता।

अगर यह खाना दिन का होता तो बाद-दोपहर जब तक सब खाना बँट जाता और ख़त्म हो जाता, सरदारी लाल सब देगचियों, सगले, कड़ाहियाँ कुएँ पर ले जाता और शाम तक माँज कर साफ़ कर देता। अगर यह खाना शाम को होता तो बचा हुआ खाना बाँट कर ख़त्म करते देर-रात हो जाती और तड़के सुबह उठकर बर्तन माँजता।

मदन को अच्छी तरह से याद है जब वह अभी छोटा ही था, तब जैलदार दयाराम की बेटी की शादी हुई थी। शादी से कई दिन पहले ही गाँव के कामगार जैलदार दयाराम के घर में काम पर जुट गये थे। पहले सारा-सारा दिन लगाकर हवेली की साफ़-सफाई की। फिर दीवारों पर सफेदी का काम शुरू हो गया था। माल-मवेशी की खुर्लियों में औरतों ने परोला फेर कर सफेदी की थी। तीन-चार दिन तो औरतें ज़मीन पर ढेरी लगा कर दालों और चावलों को साफ़ करती रही थीं। बारात के आने वाले दिन के लिए बारातियों के लिए चारपाइयों और बिस्तर का इन्तज़ाम किया गया। सब लोग दौड़-दौड़ कर जोश में ऐसे काम कर रहे थे जैसे उनके अपने घर में अपनी बहन या बेटी की शादी हो।

जिस दिन बारात आनी थी उस दिन सुबह से ही गाँव के हर एक कामगार के घर से एक औरत और एक मर्द सुबह से ही जैलदार दयाराम के घर पर काम के लिए पहुँच गये थे। सब लोगों का मानना था कि बेटियाँ सबकी बराबर होती हैं। शायद इसीलिए औरतें और आदमी न सिर्फ़ हवेली बल्कि गली तक को सजाने में लगे थे।

शाम को जब धूम-धाम से बारात आयी, गाँव के सब लोग देख रहे थे। बारातियों को क़तारों में बिठा कर डुनियों में मिठाई बाँटी गयी और फिर खाना भी वहीं पत्तलों पर ही खिलाया गया। बाराती जब भोजन से सन्तुष्ट होकर उठ गये तो

सरदारी लाल एक छाबड़ी लेकर डुनियों में बची हुई मिठाई इकट्ठी करने लगा। मदन और सरदारी लाल भी दूसरे झीवर साथियों के साथ टोकरियों में पत्तलें इकट्ठी कर रहे थे और घर से 50-60 मीटर पिछवाड़े में कूड़ा-कर्कट के ढेर पर फेंक रहे थे।

जब सब बारातियों और घर वालों ने भी खाना खा लिया, तब तक काफ़ी रात हो चुकी थी। सब कामगारों के घरों से एक-एक आदमी खाली बर्तन लेकर बचा हुआ खाना घर ले जाने के लिए आ खड़े हुए थे। सबसे पहले सरदारी लाल ने अपने परिवार के लिए चावल और सुच्चियाँ अपने गमछे में बाँध लीं। सरदारी लाल के पास एक ही कमण्डल था इसलिए सारी दालें उसने उसी में डाल लीं। छाबड़ी में बारातियों की डुनियों से बची हुई मिठाई जो इकट्ठी की थीं, वहाँ से कुछ मिठाई लेकर गमछे के दूसरे किनारे में बाँध ली। बाकी बची हुई मिठाई और रोटी सरदारी लाल ने अपने हाथों से बाकी दूसरे कामगारों में बाँट दी। जब सब काम ख़त्म हो गया सरदारी लाल ने खड़े होकर गमछे में बँधी हुई मिठाई और रोटी को दाहिने कन्धे पर लटका लिया और बायें हाथ में दालों से भरा हुआ कमण्डल उठा लिया। तब तक देर रात हो चुकी थी। मदन ज़मीन पर ही सो गया था। सरदारी लाल ने मदन को जगाने के लिए आवाज़ दी—"मद्दी बेटे उठो घर चलना है, देर हो रही है।"

मदन तो आख़िर छोटा लड़का ही था। दिन भर दौड़-दौड़ कर काम कर रहा था। काफी थक चुका था और इस समय गहरी नींद में था। मदन की नींद न खुलने पर सरदारी लाल ने पास आकर मदन का हाथ पकड़ कर दो-तीन बार हिलाया तब जाकर मदन की नींद खुली और फिर दोनों रात के अँधेरे में घर की ओर चल पड़े।

घर पहुँचने तक सब लोग सो चुके थे। रोटी का इन्तज़ार करते-करते सबको भूखे-पेट ही नींद आ गयी थी। मदन की माँ ने एक-एक बार सबको हिलाया और मदन के सब भाई-बहन जाग गये। सभी दालों का वे अलग-अलग मज़ा तो नहीं ले सके क्योंकि सब दालों को एक ही बर्तन में इकट्ठा कर दिया गया था। बच्चों ने सुच्चियाँ बड़े चाव से खायीं। बहुत दिनों के बाद पकवान खाने को मिले थे। खाने के बाद उन्होंने मिठाई और जलेबी भी खायी। पकवान और मिठाई खाने का मज़ा लेने के बाद उनको देर रात तक भूखे रहना और खाने का इन्तज़ार करना एकदम सब भूल गया।

दूसरे दिन जैलदार दयाराम की बेटी को विदा होकर ससुराल जाना था। सरदारी लाल डोला उठा कर ससुराल तक छोड़ने गया था। उसके ससुराल से सरदारी लाल और दूसरे डोला उठाने वाले झीवरों को रस्म के मुताबिक एक जीवित मुर्गा इनाम में मिला था।

इन्हीं सोचों की लड़ियों को मन में बुनते-बुनते सुबह से दोपहर और दोपहर से शाम हो गयी। शाम को नदी पर लंग लगाने का समय भी होने को आ गया।

सोच-विचार की धारा बार-बार उसे अपने आप में खींच कर ला रही थी।

ज़िन्दगी में उसकी कोई विरासत नहीं है। खेती की ज़मीन भी नहीं। छोटा-बड़ा कोई काम भी नहीं है। पढ़ा-लिखा भी नहीं है और न ही उसकी कोई नौकरी है। ज़िन्दा रहने के लिए परिवार के लिए हर एक दिन की रोटी का इन्तज़ाम करना ही ज़िन्दगी की सबसे बड़ी चुनौती है। यही सबसे बड़ा सवाल है। इन परिस्थितियों में कान्ता और मदन ने कभी सोचा भी नहीं था कि उनका भी पक्का घर होगा। उनके घर में भी बिजली की रोशनी होगी।

गरीब परिवारों को पक्का घर बनाने के लिए रुपयों का चेक देने वाली सरकार की योजना ने मदन के अन्दर दबी इच्छाओं को ज़िन्दा कर दिया था। ज़िन्दगी की ज़रूरत को महसूस करने वाले स्तर पर ला दिया था।

शाम को रोज़ाना की तरह मदन आज फिर नदी पर चला गया। गीली मिट्टी को हाथ से ही खोद कर ज़मीन के अन्दर से केंचुए निकाले। केंचुओं को काटकर बराबर तोड़ कर सब काँटों पर चढ़ाया। इन सब काँटों से लटकती लंग को नदी में तजुर्बा अनुसार कम पानी में फेंक कर लंग का एक किनारा नदी के किनारे पर एक पत्थर से बाँध दिया। दिन डूब रहा था। सर्दी का प्रकोप बढ़ना शुरू हो गया था। मन में विचार लगातार चलते जा रहे थे कि शायद अब उसकी कठिन ज़िन्दगी में एक बहुत बड़ी राहत मिलने वाली है और शायद यहीं से उसका उज्ज्वल भविष्य शुरू होगा। विचारों के इन उतार-चढ़ाव में मदन का दिन कब गुज़र गया, कब शाम हुई उसको पता ही नहीं चला। इसी तरह शाम को बिस्तर में विचारों के महल बनाता-बनाता कब सो गया उसे पता ही नहीं चला।

4

आज रविवार की सुबह है। सूरज निकल आया है। सूरज की किरणों ने न सिर्फ़ अँधेरे को मिटा कर उजाला कर दिया है बल्कि शीत लहर को भी कम करके हवा में ताप को बढ़ा दिया है। खेत हाड़ी फ़सलों से लहलहा रहे हैं। पौधों के पत्तों पर पड़ी ओस सूरज की किरणों की सुषमा से भाप बनकर उड़ना शुरू हो गयी है।

मदन रोज़ाना की तरह तड़के सुबह उठकर नदी से काँटों में फँसी हुई मछलियाँ ले आया है। मदन ने मटके से एक गिलास ठण्डा पानी लिया। दायें हाथ में गिलास से बायें हाथ पर चुल्लू भर पानी लेकर मुँह धोया और उसी हाथ से चेहरे को मल दिया। इसी तरह तीन-चार पानी के चुल्लू से चेहरा धोया और एक चुल्लू पानी से मुँह में कुल्ला भी कर लिया। आख़िरकार चुल्लू भर पानी मदन ने अपने सिर पर धूल से भरे हुए रूखे बालों में छिटका दिया। गिलास नीचे रखा। दोनों हाथों की उँगलियों से चम्पी करते हुए धूल भरे रूखे बिखरे बालों को बिठाने की कोशिश की।

ऐसे कड़ाके की सर्दी के मौसम में पानी का एक भी कतरा पूरे शरीर में बिजली की लहर पैदा कर जाता।

मुँह-हाथ धोने के बाद मदन ने झुक कर झोंपड़ी के दरवाज़े से अन्दर आकर झोंपड़ी की दो बल्लियों से एक रस्सी बाँध कर अलगनी बनाई। अलगनी से मोटे खद्दर का धोया हुआ कुर्ता-पाजामा लिया। सर्दी में ठिठुरते हुए मदन ने कुर्ता-पाजामा पहन लिया। लोई को दोनों हाथों से पकड़ कर हवा में दो-तीन बार ज़ोर के झटके से लहराया। ऐसे करने से धूल-मिट्टी झाड़ने के बाद दायें हाथ से पकड़ हवा में पीछे से लहरा कर मैली-सी लोई को ओढ़ लिया।

मदन फिर से झुक कर झोंपड़ी के दरवाज़े से बाहर आया। रसोई की दीवार से मछलियों की पोटली ली और कान्ता को कहा—"आज मैं मन्त्री द्वारा दिया जाने वाला रुपयों का चेक लेकर ही आऊँगा। देर भी हो सकती है इसलिए जो भी घर में है बच्चों को खिला कर काम चला लेना। शाम को जब चेक लेकर वापस आऊँगा, आटा और बाकी खाने की चीज़ें भी साथ ले आऊँगा।"

कान्ता ने अपने सूखे हुए चेहरे पर मुस्कान लाकर मदन की ओर देखा और

यक़ीन दिला दिया कि आप बेफिक्र होकर जाओ।

कान्ता के साथ नज़र मिलाने के बाद मदन आँगन में गली की तरफ़ मुड़ा और चल पड़ा। सूखा हुआ पतला जिस्म, लोई ओढ़ कर आगे झुक कर शिकारी कुत्ते की तरह तेज़ क़दमों से गाँव की गली से गुज़र कर जाने लगा।

आज गाँव की गलियों से गुज़रते हुए मदन पक्के घरों को देखकर ऐसे महसूस कर रहा था जैसे उसका भी इन्हीं में से एक पक्का घर है। अपनी इच्छा पूरा होने का यक़ीन होना शुरू हो रहा था। आज मदन के क़दम रोज़ाना की रफ़्तार से ज़्यादा तेज़ उठ रहे थे। क़दम तो ज़मीन पर पड़ रहे थे पर मन ही मन में मदन चेतक घोड़े की तरह हवा में उड़ रहा था।

मदन सबसे पहले रोज़ाना की तरह थोड़ू के ढाबे पर पहुँच गया। मछली बेच कर एक सौ रुपये लिए, बायें हाथ से खद्दर के कुर्ते की बायें तरफ़ वाली जेब में डाल लिये। आज बिना समय नष्ट किये ढाबे से बाहर निकल आया।

आज मदन देसू शाह की दुकान की तरफ़ भी नहीं गया। थोड़ू के ढाबे से निकलते ही मदन हायर सेकेण्डरी स्कूल की तरफ़ चलने लगा। यह थोड़ू के ढाबे से लगभग तीन सौ मीटर दूर बाज़ार के एक आख़िरी सिरे पर था। बाज़ार से निकलते हुए लगभग पाँच मिनट में मदन स्कूल के मुख्य द्वार पर पहुँच गया।

हायर सेकेण्डरी स्कूल की तरफ़ जाने वाले बाज़ार के रास्ते में बाज़ार के आर-पार रंग-बिरंगी झंडियाँ लगी हुई थीं। दो जगह पर कपड़े की दुकान से पूरा-पूरा थान लेकर रंग-बिरंगे कपड़े के द्वार बनाये हुए थे। इसी तरह स्कूल के द्वार पर भी दोनों तरफ़ केले का एक-एक पेड़ काट कर लगाया था और बाकी कपड़े के थान का द्वार सजाया हुआ था।

सारे बाज़ार में आज सफाई कर्मचारियों ने अच्छी सफाई की हुई थी। बाज़ार में दोनों तरफ़ की नालियों के साथ-साथ सफ़ेद चूना भी फेंका हुआ था। आज लग रहा था कि कोई बड़ा मन्त्री नगर में आ रहा है।

चौक में और स्कूल के मुख्य द्वार पर प्रधानमन्त्री और दूसरे नेताओं की बड़ी-बड़ी तस्वीरें भी लगी हुई हैं। पार्टी की छोटी-छोटी झण्डियों से ही बाज़ार को सजाया हुआ है।

स्कूल के मुख्य द्वार पर पुलिसवालों ने अपना एक तकनीकी मशीन का द्वार भी लगाया हुआ था। हर एक अन्दर जाने वाले को इससे गुज़र कर जाना होता है। इससे पहले हर एक मर्द की पुलिसवाले हाथ से तलाशी ले रहे थे। औरतों की तलाशी के लिए एक छोटा-सा टाट का पर्दा लगाकर केबिन बनाया था और पुलिस तक पहुँचने के लिए पाइपें लगाकर रास्ता बनाया हुआ था।

पाइपों के रास्ते से गुज़र कर मदन भी पुलिस वाले के पास जाकर खड़ा हो

गया। एक पुलिस वाले ने मदन द्वारा ओढ़ी हुई लोई को हटाने को कहा। मदन ने लोई हटाकर एक तरफ़ की पाइप पर रख दी और फिर से पुलिसवाले के सामने आकर खड़ा हो गया। पुलिसवाले ने दायें हाथ में पकड़ी एक छोटी सी मशीन और बायें खाली हाथ से मदन को सिर से लेकर पाँव तक टटोला-परखा और पूछा—"अगर माचिस सिगरेट है तो निकाल कर यहीं रख दो।"

"मैंने एक साल से भी ज़्यादा समय से सिगरेट-बीड़ी पीना छोड़ दिया है"—मदन ने बड़े गर्व से कहा और अपनी लोई पाइप से उठाई और स्कूल का द्वार पार करके मैदान की ओर बढ़ने लगा।

स्कूल का द्वार पार करते ही बायें तरफ़ स्कूल का मैदान था और दायें तरफ़ स्कूल का दफ़्तर और स्कूलों की इमारत थी।

स्कूल का मैदान आज पाइपें लगाकर अलग-अलग खानों में बाँटा हुआ था। पश्चिम की तरफ़ स्टेज बनी हुई है। मुख्य द्वार से लेकर स्टेज तक सड़कनुमा रास्ता बना हुआ है। दोनों तरफ़ पाइपों के साथ पार्टी की झंडियाँ बाँधी हुई हैं। स्टेज पर एक लम्बा सोफ़ा अ र चन्द कुर्सियाँ लगी हुई थीं। नीचे एक सुन्दर चटाई लगाई हुई थी। स्टेज के ऊपर छाया करने के लिए एक सुन्दर शामियाना लगाकर छत बनाया हुआ था।

स्टेज के सामने मैदान को लगभग दो बराबर हिस्सों में बाँटा हुआ था। नीचे ज़मीन पर दरियाँ बिछाई हुई थीं। पाइपों के एक तरफ़ औरतों के बैठने के लिए था, दूसरी तरफ़ मर्दों के बैठने के लिए।

स्टेज के नजदीक दाहिनी तरफ़ सामने पार्टी के बड़े-बड़े कार्यकर्ता और नेताओं के लिए प्लास्टिक की कुर्सियाँ लगाई हुई हैं।

स्टेज से तमाम पण्डाल तक मन्त्री जी की आवाज़ पहुँचाने के लिए तीन-चार लाउडस्पीकर भी लगाये हुए हैं।

स्टेज और पण्डाल को ख़ूब सजाया हुआ है। साथ-साथ सुरक्षा के भी बराबर इन्तज़ाम किये हैं। स्टेज और पण्डाल के बीच काँटेदार तार बिछाई हुई है। बाज़ार में आज पुलिस वाले सुबह से ही वर्दी पहन कर घूम रहे हैं। थाना के अलावा शहर से पुलिस हैडक्वार्टर से भी आज पुलिस के सिपाही और ऑफिसर दिखने को मिल रहे हैं।

अभी लगभग सुबह के साढ़े दस ही बजे हैं। सूरज की किरणों से हवा का तापमान सबुह के मुक़ाबले काफी अच्छा हो गया है। मदन के शरीर में तो आज वैसे ही ख़ून की रफ़्तार तेज़ है इसलिए आज उसे बाहर की सर्दी का ज़्यादा अहसास ही नहीं हो रहा।

मदन ने स्कूल का मुख्य द्वार पार करने के बाद अन्दर पण्डाल में मर्दों वाले स्थान में जाने का रास्ता लिया। पहले पहुँचने का लाभ उठाते हुए मर्दों के बैठने

वाली जगह में मदन सबसे आगे दरी पर बैठ गया। मदन पण्डाल में आगे अकेला ही बैठा हुआ था।

अभी तो पण्डाल में कुछ बच्चे ही खेल रहे थे। कुछ शामियाना पाइपें लगाने वाले और सभा आयोजन करने वाले लोग इधर-उधर स्टेज के आस-पास नज़र आ रहे थे।

मदन की अब एक चिन्ता ख़त्म हो गयी थी कि जब उसका नाम स्टेज पर बोला जायेगा तो उसको तुरन्त सुनाई दे जायेगा। इतनी पास से स्टेज पर जाकर मन्त्री जी से रुपयों का चेक लेना भी मुश्किल नहीं होगा।

कुछ समय के बाद और लोग भी आना शुरू हो गये। देखते-देखते लगभग आधे से ज़्यादा पण्डाल भर गया।

इसी बीच यहाँ ब्लॉक का प्रधान प्रीतम सिंह, ठेकेदार मुख्त्यार सिंह, मदन के गाँव का सरपंच चैन सिंह और कुछ दूसरे सरपंच-पंच और नम्बरदार वगैरा स्टेज पर आ गये। स्टेज पर छोटे नेताओं की बोलने की कार्यवाही शुरू हो गयी।

तभी बसें स्कूल के मुख्य द्वार पर आकर खड़ी हो गयीं। दोनों बसें सवारियों से खचाखच भरी हुई थीं। छत पर बहुत सारे लोग बैठे हुए थे। गाड़ियों के अन्दर से ज़ोर-ज़ोर से नारे लगाने की आवाज़ें आ रही थीं। छत के ऊपर भी बैठे लोग ज़ोर-ज़ोर से नारे लगा रहे थे।

लोग जब गाड़ियों से उतरने लगे तो थोड़ी देर के लिए नारे लगने की आवाज़ें कम हो गयीं। बहुत सारे लोगों के हाथ में पार्टी की छोटी-छोटी झण्डियाँ भी थीं।

लगभग डेढ़ सौ के करीब यह ज़बान-बुज़ुर्ग औरतें और मर्द पुलिसवालों से तलाशी करवाने के बाद स्कूल के मुख्य द्वार से अन्दर आकर फिर से इकट्ठे हो गये। हाथों में झण्डियाँ पकड़े एक बार फिर से पहले की तरह ज़ोर-ज़ोर से नारे लगाने लगे। एक आदमी बड़े जोश के साथ ज़ोर से नारा बोलता और उसका जवाब सारे देते और फिर यह नारे लगाते हुए हाथ में झण्डियाँ पकड़े पण्डाल में आ गये। मर्दों वाली तरफ़ मर्द आ गये और औरतों की तरफ़ औरतें चली गयीं।

स्टेज सेक्रेटरी उठा और माइक के पास आकर भाषण देने वाले नेता के कान में आहिस्ता से कुछ बोला जिस पर उसने माइक छोड़ कर स्टेज सेक्रेटरी को दिया और खुद वहीं पर एक तरफ़ खड़ा हो गया।

''मन्त्री जी पाँच मिनट में पहुँचने वाले हैं''–स्टेज सेक्रेटरी ने स्टेज पर ऐलान कर दिया। लोग एकदम चुप होकर सुनने लगे।

"मन्त्री जी पाँच मिनट में पहुँच रहे हैं"–स्टेज सेक्रेटरी ने स्टेज पर यह ऐलान बार-बार दोहराया।

लोगों की रुचि एकदम बढ़ गयी। जो लोग बीच में उठकर बाहर जा रहे थे वह सब वापस पण्डाल में बैठ गये। जो लोग अभी स्कूल के मुख्य द्वार के बाहर बाज़ार

की सड़क पर खड़े थे वह भी स्कूल के मुख्य द्वार पर तलाशी लेने वाले पुलिसवालों के पास पहुँच गये। जहाँ थोड़ी देर के लिए एक छोटी-सी क़तार बन गयी। यह सब लोग अब पण्डाल में आना शुरू हो गये।

सूरज सिर पर आ चुका था। लगभग दोपहर के बारह बज चुके थे। यह दिन का लगभग कम सर्दी का समय था।

मदन ने सुबह चाय के साथ रात की बची हुई रोटी खाई थी। अब उसको भूख लगना शुरू हो गयी थी। आज मदन को इस समय भूख-प्यास कहाँ परेशान कर सकती थी। आज तो वह शादी में एक बाराती की तरह ख़ुश था।

पक्का कमरे का घर बनाने के लिए रुपयों का चेक मिलने की ख़ुशी के जज़्बात में भूख कहीं नीचे ही दब गयी थी।

पण्डाल में बैठे सभी लोग अचानक ऊपर आसमान की तरफ़ देखने लगे। मदन भी गर्दन मोड़ता हुआ ऊपर की ओर देखने लगा। दूर पूर्व की ओर से एक हैलीकॉप्टर उनकी ओर उड़ता हुआ आ रहा था। सब लोग कहने लगे मन्त्री जी आ गये। इसी से पूरे पण्डाल में बैठे लोगों में हलचल की एक तरंग-सी दौड़ गयी।

हैलीकॉप्टर उड़ता हुआ पास आ गया और देखते ही देखते पण्डाल के पीछे की ओर चला गया। स्टेज के पीछे स्कूल के मैदान की दीवार के पीछे पुलिस थाना की इमारत है। पुलिस थाना की इमारत के आगे एक बहुत बड़ा मैदान था जिसमें आकर यह हैलीकॉप्टर उतर गया। जहाज़ के उतरने और उसके बाद इंजन के बन्द हो जाने तक पण्डाल में अच्छी-खासी आवाज़ सुनाई दे रही थी। कुछ लोग एड़ियाँ उठाकर पंजों के बल खड़े होकर दीवार के ऊपर से हैलीकॉप्टर को देखने की कोशिश कर रहे थे। पर यहाँ से कुछ दिखाई नहीं दे रहा था क्योंकि हैलीकॉप्टर तो पुलिस थाना की इमारत के बिल्कुल पीछे उतरा था।

कुछ पलों के बाद चार-पाँच सफ़ेद अम्बैसडर कारें और कुछ पुलिस की जीपें स्कूल के मुख्य द्वार पर आ गयीं। सब गाड़ियों को स्कूल के मुख्य द्वार पर रोक लिया गया सिवाय एक सफ़ेद अम्बैसडर कार के जो सीधे बने हुए रास्ते से गुज़रते हुए स्टेज के पास चली आ रही थी। पुलिस की जीपों से उतर कर छह-सात पुलिस वाले कमाण्डो काली वर्दी में इस कार के दायें और बायें साथ-साथ दौड़ रहे थे।

मुख्य द्वार पर रुकी बाकी गाड़ियों से सब लोग उतर कर पैदल ही अन्दर आ रहे थे।

अम्बैसडर कार स्टेज के पास आकर खड़ी हो गयी। गाड़ी के चारों तरफ़ कमाण्डो वर्दी वाले हाथ में बन्दूकें पकड़े होशियारी से चौकन्ने होकर खड़े हो गये। एक पुलिस वाले ने ही बायें तरफ़ की पीछे वाली खिड़की खोली। अम्बैसडर कार के अन्दर से मन्त्री जी बाहर निकले। कार के अन्दर से निकलते ही मन्त्री जी की

अगुवाई करने वाले लोग जोकि स्टेज के पास ही खड़े थे और स्टेज पर ले जाने के लिए मन्त्री जी के पास जमा हो गये। पण्डाल से स्टेज की तरफ़ जाते समय मन्त्री जी बिल्कुल दिखाई नहीं दे रहे थे।

स्टेज पर खड़े स्टेज सेक्रेटरी ने माइक के सामने आकर नारे बोलना शुरू कर दिये थे। लोग भी पूरे जोश से ज़ोर-ज़ोर से जवाब में नारे बोल रहे थे। सारा पण्डाल नारों से गूँज रहा था। जोश में अब पण्डाल में सब लोग खड़े हो गये थे और खड़े होकर नारे लगा रहे थे।

मन्त्री जी आगे बढ़े और स्टेज पर चढ़ने लगे। कमाण्डो पुलिसवालों ने मन्त्री जी को पूरी तरह से घेर कर रखा हुआ था और वह सब भी मन्त्री जी के साथ-साथ तीन-चार सीढ़ियाँ चढ़ कर स्टेज पर आ गये। पीछे-पीछे दूसरे नेता भी स्टेज पर आ गये। मन्त्री जी सफ़ेद पाजामा-कुर्ता पहने, सिर पर सफ़ेद लम्बे बाल, पाँव में काले चमड़े जूते पहने हुए लगभग सत्तर साल की उमर में भी जवान लग रहे थे। चेहरे का गोरा लाल रंग, माथे पर दो-तीन छोटी-छोटी झुर्रियाँ। साधारण क़द से थोड़े लम्बे।

मन्त्री जी स्टेज पर आकर पण्डाल की तरफ़ मुँह करके खड़े होकर अपना दायाँ हाथ ऊपर उठा कर हवा में लहराने लगे। मन्त्री जी को सामने स्टेज पर देख कर लोगों में जोश की एक बेमिसाल लहर आ गयी और ज़ोर-ज़ोर से मन्त्री जी और सभी लोग पार्टी के नारे लगाने लगे। इतना शोर था कि पता नहीं चल रहा था कि कौन किस का नारा लगा रहा है।

इसी बीच स्टेज पर खड़े सब नेता मन्त्री जी के गले में गेंदे के फूलों के हार डालने लगे। देखते ही देखते स्टेज पर मन्त्री जी को फूलों से लाद दिया गया। एक आदमी फूलों को तोड़कर फूलों की पत्तियाँ मन्त्री जी और उनके साथ खड़े लोगों पर फेंक कर उनका स्वागत कर रहा था। यह दृश्य लगभग पाँच-दस मिनट चलता रहा। गेंदे के फूलों के हारों के बीच मन्त्री जी का गोरा चेहरा, सफ़ेद चाँदी की तरह चमकते बाल, सफ़ेद पाजामा-कुर्ते में बाकी सब से थोड़ा लम्बा क़द, मन्त्री जी भीड़ में अलग ही दिख रहे थे।

लोगों के नारे लगने के शोर में मदन भी खड़ा हो गया था और मन्त्री जी को बहुत पास से देख रहा था। मदन को लग रहा था जैसे ऊपर से उसका भगवान उतरकर नीचे आ गया हो। मदन दोनों हाथ जोड़कर मन्त्री जी की तरफ़ सिर झुकाकर प्रणाम कर रहा था। जैसे कोई श्रद्धालु मन्दिर में भगवान राम जी की मूर्ति के आगे सिर झुका रहा हो।

इसी बीच मन्त्री जी पीछे हटकर गले से गेंदे के फूलों के हार उतारते हुए सोफा पर बैठ गये और उतारे हुए फूलों के हारों को अपने आगे रख दिया।

स्टेज सेक्रेटरी ने लोगों से कहना शुरू कर दिया कि कृपया शान्त हो जायें,

कृपया अपने-अपने स्थान पर शान्ति से बैठ जायें।

कुछ समय में लोग आहिस्ता-आहिस्ता शान्त हो गये और अपने-अपने स्थान पर बैठने लगे। जल्दी ही स्टेज पर भाषण शुरू हो गये। पहले छोटे नेताओं को बोलने को समय दिया गया।

ठेकेदार मुखत्यार सिंह ने आते ही सबसे पहले मन्त्री जी के नारे लगाये और लोगों ने बराबर जोश से जवाब दिये। फिर पार्टी के नारे लगाये। पण्डाल में सबसे पीछे खड़े लड़कों के झुण्ड ने ठेकदार मुखत्यार सिंह के नारों का सबसे ज़्यादा ज़ोर-ज़ोर से जवाब दिया।

ठेकेदार मुखत्यार सिंह लगभग पैंतीस साल की उम्र का हट्टा-कट्टा नौजवान था। पेट बाहर निकला हुआ, चेहरे पर दाढ़ी और मोटी आँखों से दिखने में ही तेज़-तर्रार स्वभाव का लगता था। यह पार्टी के नौजवानों का प्रधान था।

भाषण में ठेकेदार मुखत्यार सिंह ने नौजवानों की समस्याओं को विस्तार से रखा और बेरोज़गारी को सबसे बड़ी महत्त्वपूर्ण समस्या बताया। आख़िर में था कि सरकार जितने भी रुपये इस ब्लॉक के विकास के लिए दे रही है यह सब विकास के काम में बेरोज़गारी दूर हटाने के लिए इस्तेमाल होने चाहिए। विकास के इन सब कामों को कराने का ठेका उसकी पार्टी के नौजवानों को मिलना चाहिए। इस पर पण्डाल में पीछे खड़े नौजवानों ने ज़ोर से तालियाँ बजाईं और ठेकेदार मुखत्यार सिंह ने दो-तीन नारे भी लगा दिये।

"यह तो सारे ठेके खुद ही लेना चाहता है। यह विकास के कामों के सारे रुपये खुद ही हड़प करना चाहता है।"—मदन के पास बैठे एक आदमी ने चेहरे पर घृणा की लकीर लाते हुए आहिस्ता से कहा। मदन ने यह सुनकर अपने मन के अन्दर ही हाँ में हाँ मिलाई और फिर ध्यान स्टेज की ओर कर दिया।

इसी तरह सब नेताओं ने अपने-अपने मतलब की बातें सामने रखीं और स्टेज पर माइक से पीछे हटते गये। आख़िर में मन्त्री जी को बोलने का निमन्त्रण दिया गया। मन्त्री जी स्टेज पर उठ कर माइक के सामने आये। लोगों ने एक बार फिर नारे लगा कर अपना जोश दिखाया।

मन्त्री जी अपने भाषण में सबसे पहले स्थानीय नेताओं को सराहने लगे। उनकी दिल खोल कर प्रशंसा करने लगे।

जैसे ही मन्त्री जी स्थानीय नेताओं की प्रशंसा कर रहे थे मदन बहुत हैरान था कि मन्त्री इनकी तारीफ़ें क्यों कर रहे हैं? क्योंकि यह सब लोग तो अच्छे नहीं हैं।

उनके गाँव के सरपंच गुलचैन सिंह ने तो नहर के साथ जो सिंचाई विभाग की ज़मीन की पट्टी उसकी ज़मीन के साथ-साथ है उस पर उसने नाजायज कब्ज़ा कर लिया है। नहर के किनारे के साथ जाने वाला रास्ता भी उसने बन्द कर दिया है।

ठेकेदार मुखत्यार सिंह तो चार-पाँच गुण्डे जैसे लड़के हमेशा साथ-साथ लेकर चलता है। उसे तो देखकर ही डर लगता है। पाँच-सात साल पहले इसके पास कुछ नहीं था। सिगरेट तक माँग कर पीता था। अब अचानक इसके पास इतने रुपये गाड़ी कहाँ से आ गयी है?

गुलचैन सिंह सरपंच तो अपने गाँव में कोई भी सरकारी काम किसी दूसरे ठेकेदार को नहीं करवाने देता है। डेढ़ साल पहले गुलचैन सिंह ने अपने ही गाँव में नहर पार कर एक पुलिया बनवाई थी। उसमें सीमेंट तो नाममात्र ही लगाया हुआ था। इसीलिए डेढ़ साल में ही पुलिया टूट गयी। पुलिया के किनारों की आठ इंच ऊँची दीवारें तो कब की गिर कर ख़त्म हो गयी हैं।

बाकी के सब नेता तो स्टेज पर बोल रहे थे या स्टेज पर बैठे हुए थे, उनमें कोई भी तो ऐसा नहीं जिसके लिए कोई भी भलमानस आदमी ज़्यादा अच्छा कहता हो आख़िर मन्त्री जी क्यों इनकी इतनी तारीफ़ कर रहे हैं।

तब मदन के मन में विचार आया कि मन्त्री जी तो बाहर से आये हैं। ज़रूर इनको मुखत्यार सिंह, गुलचैन सिंह वगैरा सब स्टेज पर बैठे नेताओं के बारे में गलत बताया गया है। इसीलिए मन्त्री जी को इनकी सच्चाई का पता नहीं है।

"क्यों कोई इनको सच नहीं बता देता।"—मदन ने बिना मुँह से बोले अपने मन में ही कहा।

अपने विचारों की उलझनों से निकल कर मदन का ध्यान एक बार फिर से मन्त्री जी के भाषण की ओर आया। तब मन्त्री जी बोल रहे थे—"हमारी पार्टी के राज में कोई भी आदमी भूखा नहीं सोयेगा। कोई भी आदमी बिना घर के नहीं रहेगा। सरकार हर एक गरीब परिवार को घर बनाने के लिए रुपये देगी। यह हमारी पार्टी का न्यूनतम कार्यक्रम है। यही हमारी पार्टी का नारा है।" और लोगों ने एक बार फिर से मन्त्री जी और पार्टी के चार-पाँच नारे लगा दिये।

"मन्त्री जी तो भगवान का रूप हैं यहाँ के हर गरीब का घर बनाना चाहते हैं"—मदन मन ही मन में सोच रहा था।

मदन मन्त्री जी की तरफ़ ऐसे श्रद्धा से देखे जा रहा था मानो जैसे कोई भगवान जी सामने खड़े हों और उनका भक्त उनके सामने खड़ा होकर उनके प्रवचन उनके मुँह से सुन रहा हो।

"मन्त्री जी कितने अच्छे हैं। सबका भला करना चाहते हैं। इस देश से गरीबी ख़त्म करना चाहते हैं।"—बार-बार मदन के मन में यही विचार आ रहा था।

तभी मन्त्री जी ने जय हिन्द बोलकर अपना भाषण ख़त्म कर दिया। और लोगों ने तालियाँ बजाना शुरू कर दिया। मन्त्री जी माइक को छोड़कर पीछे हटकर सोफ़े पर बैठ गये।

स्टेज सेक्रेटरी वापस माइक के पास आया तथा मन्त्री जी का शुक्रिया करके घोषणा की—"अब मन्त्री जी 15 गरीब लोगों को अपने हाथों से सरकार की घर बनाने वाली योजना के अन्तर्गत रुपयों के चेक देंगे। बाकी वालों को भी जलसा ख़त्म होने के बाद मिल जायेंगे। हर एक गाँव का अलग आवंटन का केन्द्र बना हुआ है। जिनको यहाँ रुपयों का चेक नहीं मिलेगा वह जलसा ख़त्म होने के बाद स्कूल के कक्षा के कमरों की ओर आ जायें वहीं सब आवंटन केन्द्र बने हुए हैं। स्टेज सेक्रेटरी ने नामों की घोषणा करना शुरू कर दिया। "रामरक्खा" स्टेज सेक्रेटरी ने पहला नाम लिया।

मदन बहुत सतर्क होकर सुन रहा था। "रामरक्खा" उठकर स्टेज की तरफ़ जाकर स्टेज की सीढ़ियाँ चढ़ने लगा। यह मदन के साथ वाले गाँव में रहता था।

मैले कपड़ों में इस कमज़ोर बुजुर्ग को देखकर ही लगता है कि यह कोई बहुत गरीब आदमी है। आहिस्ता-आहिस्ता चल कर स्टेज पर चढ़ कर रामरक्खा मन्त्री जी के सामने पहुँच गया। बाकी स्थानीय नेता भी मन्त्री जी के आस-पास खड़े हो गये थे। मन्त्री जी स्टेज पर सब नेताओं के बीच पण्डाल की तरफ़ मुँह करके खड़े थे। रामरक्खा को अपने पास खड़ा करके अपने हाथों से रुपयों का चेक दिया और थोड़ी देर के लिए रामरक्खा इस स्थिति में स्थिर खड़ा रहा। स्टेज से नीचे सामने चार-पाँच फ़ोटोग्राफर इसी बाज़ार के हैं। मदन भी जानता था कि यह सब फ़ोटोग्राफर अख़बारों के लिए फ़ोटो खींच रहे हैं।

"सुमन वर्मा"—स्टेज सेक्रेटरी ने अपने हाथ में पकड़े हुए काग़ज़ों को पढ़ कर बोला।

सुमन वर्मा पच्चीस-छब्बीस साल की नौजवान थी। हल्का सब्ज रंग का नया शलवार-कुर्ता पहना हुआ था। कन्धों तक लम्बे बालों को रबरबैंड लगाकर पीछे जूड़ा बनाया हुआ था। सफ़ेद माया लगाया हुआ दुपट्टा छाती पर रखकर दोनों कन्धों से पीछे फेंका हुआ। आठ-नौ महीने का बच्चा बायें से छाती के साथ लगाया हुआ। सुमन के पति का छह-सात महीने पहले देहान्त हो गया था। बेचारी शादी के बाद जल्द ही विधवा हो गयी है।

सुमन वर्मा भी आगे आकर स्टेज पर चढ़ने लगी। दूसरी तरफ़ से बुजुर्ग रामरक्खा आहिस्ता-आहिस्ता स्टेज से नीचे उतर रहा था। सुमन वर्मा भी स्टेज पर मन्त्री जी के पास खड़ी हुई। मन्त्री जी से रुपयों का चेक लेते हुए फ़ोटोग्राफर ने फ़ोटो खींचा और वह भी स्टेज से नीचे आने लगी।

अगला नाम वीरूमल का बोला गया। वीरूमल मदन के गाँव का ही था और अक्सर सरपंच गुलचैन सिंह के घर में काम करता था। वीरूमल का नाम पुकारते ही मदन के जिस्म में रक्त की रफ़्तार और तेज़ हो गयी।

"वीरूमल तो मेरे गाँव का है। इसका मतलब अब हमारे गाँव के बाकी लोगों के नाम आयेंगे।"—मदन अपने मन में सोच रहा था। मदन ने ज़मीन पर बैठे-बैठे ही अपनी टाँगें सीधी करके उठने की तैयारी करना शुरू कर ली। बैठे हुए लोई भी कन्धे से सरक गयी थी। मदन ने लोई को एक बार फिर से कन्धे पर चढ़ाते हुए ओढ़ लिया।

वीरूमल रुपयों का चेक लेकर स्टेज से नीचे आ गया। अगला नाम भी मदन का नहीं बोला गया। इसी तरह पन्द्रह अलग-अलग गाँव से अलग-अलग नाम बोले गये। यह सब स्टेज पर जाकर मन्त्री जी से रुपयों के चेक लेकर नीचे आ गये, पर मदन का नाम स्टेज पर नहीं बोला गया।

पन्द्रहवाँ नाम बोलने तक मदन बड़ी बेसब्री से हर बार अगले नाम का इन्तज़ार करता रहता।

मन्त्री जी द्वारा रुपयों के चेक बाँटने के बाद सभा सम्पन्न हो रही थी। पण्डाल में सब लोग खड़े हो रहे थे।

लोग बैठ-बैठ कर थक चुके थे। पीछे बैठे हुए बहुत सारे लोग तो उठकर स्कूल का मुख्य द्वार पार करके बाज़ार तक जा पहुँचे थे। स्थानीय नेताओं के चेहरे पर एक सन्तुष्टि का रंग था क्योंकि उनके द्वारा आयोजित मन्त्री जी की सभा सफलतापूर्वक सम्पन्न हो गयी थी।

उधर वह सब जिनको आज सरकार की घर बनाने वाली योजना द्वारा रुपयों के चेक मिलने हैं, उम्मीद भरी नज़रों से चेक मिलने वाले वक़्त का इन्तज़ार कर रहे हैं। वह सब अभी पण्डाल में खड़े होकर पण्डाल की ओर देख रहे हैं।

मन्त्री जी ने अपना दायाँ हाथ ऊपर हवा में उठाकर लहराया और पण्डाल में सब लोगों को अलविदा करते हुए स्टेज की सीढ़ियों की ओर चल पड़े। स्टेज पर सब नेता एक झुण्ड की तरह मन्त्री जी के साथ चलने लगे। मन्त्री जी स्टेज से नीचे उतर कर सबसे विदा लेते हुए अपनी कार में बैठ गये।

भीड़ में मुश्किल से निकली हुई कार स्कूल के मुख्य द्वार से होते हुए पुलिस थाना की ओर बढ़ गयी।

पण्डाल में उठ खड़ी हुई भीड़ अब बिखर रही थी ज़्यादा लोग स्कूल के मुख्य द्वार की ओर जा रहे थे।

मन्त्री जी की गाड़ी पुलिस थाना के अन्दर जाकर सीधी एक शामियाने के पास जा रुकी। जहाँ पर मन्त्री जी के लिए चाय-जलपान का इन्तज़ाम किया हुआ है। स्थानीय नेता, अधिकारी और कुछ पार्टी के कार्यकर्ता यहाँ पहुँच गये। सब मन्त्री जी से बात करना चाह रहे हैं। असल में हर एक आदमी अपने किसी की बात करना चाह रहा है। यहाँ ठेकेदार मुखत्यार सिंह और सरपंच गुलचैन सिंह मन्त्री जी

से यहाँ के ब्लॉक विकास अधिकारी की प्रशंसा कर रहे थे और उसकी तबादला रोकने की सिफ़ारिश भी कर रहे थे। इसी तरह हर एक ने अपने-अपने मतलब की बातें मन्त्री जी के सामने रखीं। कुछ को मन्त्री जी ने बाहर आने के लिए कहा और कुछ के काग़ज़ अपनी जेब में डाल लिये। इसी बीच मन्त्री जी ने बिना मीठा एक कप चाय भी पी लीं। यहाँ भी सब लोगों को एक बार फिर अलविदा किया और हैलीकॉप्टर की ओर चल पड़े।

कुछ मिनटों में सामने हैलीकॉप्टर का इंजन चला फिर उसका ऊपर का पंखा भी चलने लगा। देखते ही देखते पंखा बहुत तेज़ चलने लगा, धूल-मिट्टी हवा में तेज़ी से उड़ने लगी और हैलीकॉप्टर हवा में उड़ गया।

नीचे खड़े बहुत सारे लोग, अपना-अपना दायाँ हाथ हवा में लहरा कर उड़ते हुए हैलीकॉप्टर में बैठे मन्त्री जी को अलविदा कर रहे थे।

उधर सभा सम्पन्न होते ही मदन भीड़ में से रास्ता बनाता हुआ स्कूल के कक्ष के कमरों की ओर बढ़ने लगा। कुछ और लोग भी भीड़ से निकल कर स्कूल के कमरों की ओर आ रहे थे।

जिन कमरों में आवेदन केन्द्र बने थे उनमें दूसरे कमरे में ही मदन के गाँव के लोगों के लिए चेकों के आवंटन का केन्द्र बना हुआ था। मदन वहाँ खड़े लोगों की क़तार में सबसे पीछे खड़ा हो गया। मदन चौथे नम्बर पर था और इसके पीछे कुछ और भी लोग आकर खड़े हो रहे थे।

कमरे के दरवाज़े की सामने वाली दीवार के पास दो छात्रों के बैठने वाले डेस्कों को जोड़कर मेज़ बनाया हुआ था और वहीं पर कुर्सी भी लगी थी। यहाँ का ग्राम सेवक और एक ब्लॉक विकास अधिकारी के कार्यालय का बाबू इस आवंटन केन्द्र पर बैठ कर रुपयों के चेक बाँट रहे थे। वह पहले नाम पूछते फिर चेकों के बण्डल में से एक चेक ढूँढ़ कर निकालते। एक रजिस्टर पर हस्ताक्षर करवाते या अँगूठा लगवाने के बाद रुपयों का चेक उनके हाथ में थमा देते।

अपनी बारी आने पर मदन ने भी अपना नाम बताया। बाबू बचे हुए चेकों के बण्डल में से मदन का चेक ढूँढ़ने लगा। सारा बण्डल देखने के बाद बाबू ने मदन से एक बार दोबारा उसका नाम और पिता का नाम पूछा।

मदन लाल, पिता का नाम सरदारी लाल मदन ने तुरन्त बाबू को जवाब दिया और गौर से बाबू की तरफ़ देखने लगा।

बाबू ने एक बार दोबारा चेकों के बण्डल में हर एक चेक पर एक-एक करके नाम पढ़े, उसके बाद डेस्कों की बनाई हुई मेज़ पर से एक फ़ाइल उठा कर खोली। अन्दर से तीन-चार पन्नों पर नामों की सूची पढ़ी। "इसमें तुम्हारा रुपयों का चेक नहीं है।"—बाबू ने रुपयों के चेक का बण्डल और नामों की सूची पढ़ने के बाद

मदन को कहा।

बाबू की यह बात सुनते ही मदन एकदम धक हो गया। उसके चेहरे पर हवाइयाँ उड़ने लगीं और जैसे उसके पैरों तले ज़मीन निकल गयी हो। मदन का दिल और दिमाग़ अपने कानों में पड़े बाबू के शब्दों पर विश्वास ही नहीं कर रहा था। क्यों यह बाबू उसके साथ झूठ बोल रहा है, उसके दिमाग़ में तो यही विचार आकर रह गया।

बाबू ने मदन को एक तरफ़ हटने के लिए कहा और मदन के पीछे खड़े आदमी को आगे आने का इशारा किया।

"ग्राम सेवक साहब! मेरा रुपयों का चेक इसी चेकों के बण्डल में है, कृपया आप एक बार फिर से देख लो, मैं भी इसी गाँव का हूँ जिस गाँव के लोगों को यहाँ रुपयों के चेक दिये जा रहे हैं।" मदन ने दोनों हाथ जोड़कर कहा। मदन तब तक क़तार में अपनी जगह से बिल्कुल नहीं हटा था। क्योंकि मदन ग्राम सेवक को पहले से जानता था इसीलिए वह उसको ही कह रहा था।

"दो बार रुपयों के चेक के बण्डल मैंने आपके सामने देख लिए हैं। फ़ाइल में पड़ी सूची भी आपके सामने पढ़ ली है। न तो आपका रुपयों का चेक है और न ही आपका नाम सूची में है।"—ग्राम सेवक ने चेकों के बण्डल और फ़ाइल में पड़ी सूची की ओर इशारा करते हुए साधारण लहजे में मदन को कहा।

मदन थोड़ी देर के लिए सुन्न जैसा होकर वहीं पर पुतले की तरह खड़ा हो गया।

"तुम आख़िर वाले कमरे में चले जाओ वहाँ पर ब्लॉक विकास अधिकारी साहब बैठे हैं। आप एक बार उनसे भी बात कर लो,"—ग्राम सेवक ने मदन को अपने हाथ में पकड़ी हुई फ़ाइल को बन्द करके डेस्कों की बनी मेज़ पर रखते हुए कहा।

मदन को यह समझ नहीं आ रहा था कि उसका रुपयों का चेक इसमें क्यों नहीं है? इस सूची में उसका नाम क्यों नहीं है? जबकि आवंटन केन्द्र तो गाँव के हिसाब से बने हुए हैं। यह आवंटन केन्द्र तो उसी के गाँव का है। उसके आगे खड़े तीन आदमी तो उसी के गाँव के थे और उन सबको तो रुपयों के चेक मिल गये हैं।

उसके पीछे भी सब उसी के गाँव के हैं। यह कैसे हो सकता है कि उसका नाम उसके गाँव वाले आवंटन केन्द्र में न हो, यह सोचते-सोचते वह अपनी क़तार से पीछे हट गया और मदन ने पीछे खड़े आदमी को आगे आने दिया।

मदन अपने गाँव के आवंटन केन्द्र से बाहर निकल कर आख़िरी कमरे की ओर चल पड़ा। जहाँ ब्लॉक विकास अधिकारी साहब बैठे थे।

कमरे के दरवाज़े पर पहुँच कर चपरासी से पता चला कि ब्लॉक विकास अधिकारी साहब अभी नहीं पहुँचे हैं। वह तो मन्त्री जी की गाड़ियों के साथ पुलिस थाना की ओर गये हुए हैं जहाँ मन्त्री जी के लिए चाय-जलपान का इन्तज़ाम किया हुआ है। मन्त्री जी जब यहाँ से चले जायेंगे उसके बाद ही ब्लॉक विकास अधिकारी

साहब यहाँ पर आयेंगे।

पर मदन कहाँ ब्लॉक विकास अधिकारी साहब के आने तक का इन्तज़ार कर सकता था। मदन का तो आज ज़िन्दगी की सबसे बड़ी ख़्वाहिश पूरी होने का सवाल था। आज तो उसके परिवार की ज़िन्दगी के सुख का सवाल था। सर्दियों में सर्दी से और गर्मियों में गर्मी से बचने का सवाल था।

सिर्फ़ इतना ही नहीं, उसका पक्का घर बनने से समाज में उसका रुतबा भी तो बढ़ने जा रहा था। अब तो उसको कोई मदन-झोंपड़ी वाला भी नहीं बोलेगा। गाँव में वह भी बाकी सब गाँव वालों की तरह एक घर यानि एक पक्का कमरे का घर का मालिक होने वाला था। मदन के दिल और दिमाग़ में इन सोचों की रेलगाड़ी उसे कहाँ रुकने दे रही थी। मदन का मन तो अशान्त हो रहा था।

मदन ब्लॉक विकास अधिकारी साहब के कमरे के बाहर खड़े होकर ही इन्तज़ार कर रहा था। पीछे मुड़कर देखता तो रुपयों के चेक आवंटन केन्द्रों वाले कमरों में से आहिस्ता-आहिस्ता एक-एक करके लोग बाहर निकल रहे थे। उनको देख कर मदन का मन और भी अशान्त हो जाता। इसी तरह कुछ पल और बीत गये। मदन को इन्तज़ार करना मुश्किल लगने लगा।

"क्यों न मैं बाकी सब आवंटन केन्द्र पर जाकर खुद ही जाँच-पड़ताल कर लूँ"—मदन के बेचैन मन में विचार आया। यह विचार आते ही मदन के क़दम वापस आवंटन केन्द्रों वाले कमरों की ओर चल पड़े।

मदन पहले आवंटन केन्द्र वाले कमरे में आकर क़तार में सबसे पीछे—आख़िर में खड़ा हो गया। इस आवंटन केन्द्र में एक सरकारी अधिकारी ब्लॉक विकास कार्यालय का दूसरा बाबू था। यह मदन को अच्छी तरह से जानता था। मदन की बारी आ गयी।

"मदन तुम अगले कमरे में अपने गाँव के आवंटन केन्द्र पर चले जाओ। यहाँ पर तुम्हारा नाम नहीं है"—बाबू ने बिना रुपयों वाले चेकों के बण्डल को देखते ही मदन को सुझाव देते हुए कहा। "यह दूसरे गाँव के लोगों के लिए है"—यह कहते हुए बाबू ने अपनी अधूरी बात पूरी की।

मदन मायूसी का सामना करते हुए पर साथ ही साथ उम्मीद की शक्ति के साथ दूसरा अपने गाँव का आवंटन केन्द्र छोड़कर अगले तीसरे आवंटन केन्द्र के कमरे में आ पहुँचा। इस केन्द्र पर भी दो सरकारी अधिकारी थे। एक किसी कार्यालय का बाबू और दूसरा मदन के गाँव का पटवारी प्रदीप शर्मा था। मदन यहाँ आकर भी क़तार में सबसे पीछे खड़ा हो गया। जब तक यहाँ पर मदन की बारी आयी, मदन के पीछे और कोई भी नहीं था।

"तुम इस आवंटन केन्द्र पर क्यों आये हो? तुम्हारे गाँव का आवंटन केन्द्र तो

पीछे वाले कक्षा के कमरे में है।" पटवारी प्रदीप शर्मा ने मदन को पहचानते हुए कहा।

इसी बीच मदन दोनों हाथ जोड़कर पटवारी प्रदीप शर्मा के सामने खड़ा हो गया था और नमस्ते बोल रहा था। पटवारी साहब की बात ख़त्म होने पर मदन ने बात आगे बढ़ाई—"मेरा रुपयों का चेक अपने गाँव के आवंटन केन्द्र में नहीं है।" बात करते-करते मदन के चेहरे पर मायूसी छा गयी।

"तीर-चार पन्नों पर बनी सूची में भी मेरा नाम नहीं है इसीलिए मैं इस आवंटन केन्द्र पर आ गया हूँ कि शायद गलती से मेरा रुपयों का चेक इस आवंटन केन्द्र पर आ गया हो?" मदन ने अपनी अधूरी बात पूरी की।

पटवारी प्रदीप शर्मा के साथ दूसरा बाबू अपना काम सम्पन्न कर रहा था। उसने मेज़ पर पड़ी फ़ाइल, रुपयों के चेकों की काउंटर फ़ाइल, कुछ दूसरे काग़ज़ आदि इकट्ठे कर लिए थे। इन्होंने अपने केन्द्र का काम ख़त्म करने के बाद अपने काग़ज़ लेकर वापसी की तैयारी कर ली थी। मेज़ के पीछे से कुर्सी से उठते हुए पटवारी प्रदीप शर्मा ने मदन की ओर देखते हुए साधारण स्वर में कहा—"जिस आदमी का नाम अपने गाँव की सूची में है केवल उसी का चेक बना है। बाकी दूसरे किसी भी व्यक्ति का चेक नहीं बना है।" उम्मीदों की किश्ती में सवार मदन को अपनी किश्ती विचारों के पानी की झील में डूबती नज़र आने लगी। मदन ने धीमी आवाज़ में कहा—"हमारे गाँव की सूची में तो मेरा नाम नहीं है।"

मेज़ के पीछे से बाहर निकल कर कमरे के दरवाज़े की ओर बढ़ते हुए पटवारी प्रदीप शर्मा ने अपनी बात पूरी करते हुए कहा—"मदन अगर तुम्हारा नाम उस सूची में नहीं है तो तुम्हें रुपयों का चेक नहीं मिलेगा।"

पटवारी ने बात ख़त्म की और कमरे से बाहर निकल कर आख़िर वाले कमरे की ओर बढ़ गया, यहाँ ब्लॉक विकास अधिकारी साहब बैठे हुए थे। पटवारी के पीछे बाबू भी सारे काग़ज़ उठाकर चला जा रहा था।

घर बनाने के लिए रुपयों का चेक नहीं मिलने की बात सुनते ही मदन जैसे सुन्न हो गया हो। शरीर में जैसे सारी ताकत ख़त्म हो गयी हो। मदन के तो पाँव तले ज़मीन ही निकल गयी। दिल में ऐसा झटका लगा जैसे बिजली पड़ गयी हो। कुछ पल बीतने पर मदन ने अपने आपको सँभाला।

"यह कैसे हो सकता है?"—मदन ने बिना मुँह खोले बिना आवाज़ निकाले अपने मन में ही कहा—"अभी थोड़ी देर पहले तो मन्त्री जी ने खुद कहा है कि उनके राज में कोई भी कच्चे घर में नहीं रहेगा। सभी कच्चे घरों में रहने वाले परिवारों को पक्का कमरे का घर बनाने के लिए रुपये दिये जायेंगे। मैं तो झोंपड़ी में रहता हूँ। मेरी झोंपड़ी तो कच्चे घरों से भी कई गुना गयी गुज़री है।"

मदन ने अपने आप को बराबर सँभाल लिया था। तेज़ क़दमों से आगे बढ़कर

पटवारी प्रदीप शर्मा के बराबर पहुँच कर साथ-साथ चलने की कोशिश करते हुए कहा—"पटवारी साहब यह कैसे हो सकता है? मैंने तो ग्राम सभा में अपना नाम खुद लिखवाया था और सब ग्राम सभा वाले और सब गाँव वाले भी जानते हैं कि मैं झोंपड़ी में ही रहता हूँ। पटवारी साहब आप भी तो जानते हैं कि मैं एक गरीब आदमी हूँ। छोटे-छोटे बच्चे हैं मेरे।" इसी तरह मदन पटवारी को भी प्रार्थना करने लगा और उसको यक़ीन दिलाने की कोशिश करने लगा।

पटवारी प्रदीप शर्मा और बाबू साधारण भाव से मदन की बातें सुने जा रहे थे। मदन के गिरते हुए उम्मीदों के महलों की आवाज़ें और मदन के मन की पीड़ा को वे महसूस नहीं कर पा रहे थे। आगे बढ़ते हुए ब्लॉक विकास अधिकारी साहब के कमरे के दरवाज़े तक पहुँच गये।

रुपयों के चेक लेने वाले सब लोग जा चुके थे। अब सिर्फ़ सरकारी अधिकारी ही आते-जाते सामने दिख रहे थे।

ब्लॉक विकास अधिकारी के कमरे के अन्दर जाने से पहले ही दरवाज़े पर पटवारी प्रदीप शर्मा रुक गया और मदन से कहने लगा—"अभी देर हो चुकी है। दिन में मन्त्री जी के आने के कारण बहुत दौड़-धूप लगी रही इसलिए बहुत थक गया हूँ। सुबह से कुछ खाया भी नहीं है, बहुत भूख लगी है। तुम ऐसा करो कि कल आ जाओ और सारी बातें मालूम कर लेना।" यह बात ख़त्म करते पटवारी प्रदीप शर्मा कमरे के अन्दर चला गया।

दोनों हाथ जोड़ कर सिर को आगे की तरफ़ थोड़ा झुकाकर पटवारी प्रदीप शर्मा ने कमरे के दरवाज़े के सामने मेज़ के पीछे बैठे व्यक्ति को नमस्ते की। पर मदन भी आज कहाँ रुकने वाला था। विचारों में चाहे वह कभी न उम्मीद होता पर मन्त्री जी का भाषण याद आते ही उसके हौसले एकदम फिर से बुलन्द हो जाते। उसमें फिर से एक नयी हिम्मत आ जाती। मदन इतनी जल्दी यह मानने वाला नहीं था कि उसको घर बनाने के लिए रुपयों का चेक नहीं मिलेगा।

मदन भी पटवारी प्रदीप शर्मा और बाबू के पीछे-पीछे कमरे के अन्दर चला गया। यहाँ लगभग हर आवंटन केन्द्र के अधिकारी आकर अपने-अपने केन्द्रों के काग़ज़ यानि रजिस्टर, फ़ाइलें आदि लाकर एक लोहे के सन्दूक में डाल रहे थे। बाकी के सारे अधिकारी कमरे के चारों तरफ़ दीवार के साथ-साथ लगी कुर्सियों पर बैठे हुए थे। सब कुर्सियाँ भरी हुई थीं।

पटवारी प्रदीप शर्मा को नमस्ते करने से मदन समझ गया था कि दरवाज़े के सामने मेज़ के पीछे बैठा लगभग पैंतालीस-पचास साल का, चेहरे पर मूँछों वाला, गालों और माथे पर माता के दागों वाला व्यक्ति ही ब्लॉक विकास अधिकारी है। मदन ने भी दोनों हाथ जोड़ कर सिर को आगे की तरफ़ झटका देकर ब्लॉक विकास

अधिकारी साहब को दरवाज़े के पास खड़े होकर ही नमस्ते की।

गर्दन हिला कर मदन के नमस्ते का जवाब देते हुए ब्लॉक विकास अधिकारी मदन की तरफ़ देखने लगा और साथ ही उसके आने का कारण भी पूछा।

घर बनाने के लिए रुपयों का चेक न मिलने पर अन्दर ही अन्दर से मदन डगमगाया हुआ था। पर अपना पक्का घर बनने की उम्मीदें, पक्का घर बनने से बढ़ता हुआ सामाजिक रुतबा। अपने पक्के घर में बिजली की रोशनी और बिजली की रोशनी में रात को पढ़ते बच्चे, सर्दियों में शीत लहर से परिवार को मुक्ति, गर्मियों में आँधी-तूफ़ान और गर्मी से बचना। बरसात में सूखे घर में रहना आदि विचारों की लड़ियाँ मदन को बार-बार न सुनने पर भी आगे बढ़ कर 'हाँ' को ढूँढ़ने पर मजबूर कर रही थीं।

पटवारी प्रदीप शर्मा ने संक्षेप में ब्लॉक विकास अधिकारी को मदन के बारे में और उसको रुपयों का चेक न मिलने के बारे में बताया।

मदन नमस्ते करने के बाद अभी तक दोनों हाथ जोड़कर ब्लॉक विकास अधिकारी के सामने खड़ा था। पटवारी प्रदीप शर्मा की बात ख़त्म होते ही प्रार्थना करने लगा, "मैं सरकण्डे से बनाई हुई झोंपड़ी में रहता हूँ। मैं बहुत गरीब हूँ पर आज मुझे घर बनाने के लिए रुपयों का चेक नहीं मिला।"

मदन के अन्दर तो लगातार उम्मीदों और जज़्बात की रेलगाड़ी बिना रुके चल रही थी। विचारों में बने महल उसके सामने खड़े उसे दिख रहे थे।

पर यहाँ कमरे में बैठे किसी को भी कहाँ मदन के बारे में इतनी फ़िक्र थी। ब्लॉक विकास अधिकारी, पटवारी प्रदीप शर्मा, बाबू आदि सब लोग तो अपनी-अपनी आज के दिन की नौकरी कर चुके थे। उनके अपने अन्दर जल्दी छुट्टी करके जल्दी घर लौटने के विचार घर बना कर बैठे हुए थे। आज तो उनकी छुट्टी का दिन बर्बाद हुआ था।

दिन का काम ख़त्म करके छुट्टी करने के वक़्त मदन का आना तो एकदम मुफ्त में बोझ उठाने के बराबर लग रहा था, लगभग सब अधिकारियों को। सब अधिकारी चुप होकर के मदन और ब्लॉक विकास अधिकारी के बीच का वार्तालाप सुन रहे थे।

"जिस परिवार का नाम सूची में है, केवल उसी का घर बनाने वाली योजना द्वारा रुपयों का चेक बना हुआ है। केवल उन्हीं को रुपयों का चेक मिलेगा," ब्लॉक विकास अधिकारी ने साधारण स्वर में मदन की ओर देखकर उसे समझाते हुए कहा।

ग्राम सेवक ने दोनों की बात काटते हुए ब्लॉक विकास अधिकारी की ओर देखते हुए कहा–"मदन का नाम तो सूची में नहीं है।" ग्राम सेवक ने बीच में बात शायद इसलिए की कि यह बात यहीं ख़त्म हो जाये और मदन कमरे से वापस बाहर निकल जाये।

ग्राम सेवक की बात ख़त्म होते ही ब्लॉक विकास अधिकारी ने ग्राम सेवक की बात को पूरा करते हुए कहा—"तब तो तुमको पक्का घर बनाने वाली योजना का रुपयों का चेक नहीं मिलेगा।" जब कुछ पल के लिए मदन वहाँ से बिल्कुल नहीं हिला उस पल उसके चेहरे पर स्पष्ट प्रार्थना के भाव थे।

"आज बहुत देर हो गयी है। सब काग़ज़ भी बन्द कर दिये हैं। कल तुम कार्यालय में आकर सब मालूम कर लेना।"—ब्लॉक विकास अधिकारी ने मदन को आज की बात यहाँ समाप्त करने और वापस कमरे से बाहर भेजने वाले अन्दाज़ में कहा।

ब्लॉक विकास अधिकारी साहब तो शायद यह नहीं जानता था कि जिस बात को वह केवल सरकारी कार्यवाही का एक छोटा-सा हिस्सा समझता है वही बात मदन के लिए ज़िन्दगी की एक बहुत बड़ी बात है। वह तो नामों की सूची में केवल एक और नाम समझता है। काग़ज़ के पन्ने पर काली स्याही से नामों की एक सूची समझता है।

सच्चाई में यह केवल तीन अक्षरों का नाम नहीं बल्कि उसके पीछे एक गरीब-मजलूम और बेबसी की हालात में ज़िन्दगी बिताने वाला परिवार जुड़ा हुआ है।

ब्लॉक विकास अधिकारी साहब शायद यह भी नहीं समझते थे कि मदन के जज़्बातों को न समझते हुए साधारण तरह से जवाब देने से मदन को कितनी ठेस पहुँची है। जो रुपयों का चेक ब्लॉक विकास अधिकारी के लिए उसके दो महीने के वेतन के बराबर है वही राशि मदन के लिए उसके सपनों की राशि है। जिसे ज़िन्दगी में कभी पाने के लिए सोचा भी नहीं है। ब्लॉक विकास अधिकारी के लिए यह एक मामूली राशि है। हर दो महीने में वह इससे ज़्यादा राशि अपने और अपने परिवार पर ख़र्च करता है। लेकिन मदन के लिए तो उसके परिवार का एक सपना सच होने वाला था। दस चेक के मिलने पर ज़िन्दगी की बहुत सारी परेशानियों और मुसीबतों से मुक्ति मिलने वाली थी।

दूसरी ओर ब्लॉक विकास अधिकारी आंर उनके बाकी कर्मचारियों को तो भूख सता रही थी। इस समय उनकी प्राथमिकता तो रोटी खाना था। वह सब लोग अपने रजिस्टर, फ़ाइलों और बाकी के काग़ज़ जल्दी पूरा करके सन्दूक में रख कर खाना खाने वाली जगह पर जाना चाहते हैं। ब्लॉक विकास अधिकारी साहब ने आज अपने कार्यालय के सब कर्मचारियों के लिए कार्यालय के सरकारी खर्चे से खाना बनवाया हुआ है।

मदन अपने आप को बढ़ती हुई मायूसी की लहरों में डूबता महसूस करने लगा। अब उसको लगने लगा कि शायद आज उसको पक्का घर बनाने के लिए रुपयों का चेक नहीं मिलेगा। ब्लॉक विकास अधिकारी वहाँ का सबसे बड़ा अधिकारी है, उसने भी उसको कह दिया है कि अब देर हो गयी है। जो कुछ भी होना है वह

अगले दिन ही होना है। मदन ने निर्णय लिया कि अब यहाँ रुकने का कोई फ़ायदा नहीं। उसको वापस चलना चाहिए।

मुरझाए हुए चेहरे से मदन ने एक बार फिर हाथ जोड़ कर सिर को आगे झुकाते हुए ब्लॉक विकास अधिकारी को न.मस्ते की और पीछे मुड़कर कमरे से बाहर आने लगा।

सुबह से भूखा होने के कारण मदन को अपने शरीर में ताकत ख़त्म होते महसूस हो रही थी। अपना जिस्म उठा कर चलना भी भारी लग रहा था।

ब्लॉक विकास अधिकारी वाले कमरे से निकल कर बरामदे से होते हुए मदन मैदान की ओर चलने लगा। यहाँ दो घण्टे पहले सभा चल रही थी, अब मैदान लगभग खाली था। नीचे बिछाई हुई दरियाँ लपेट कर गोल कर के कुछ अभी ज़मीन पर पड़ी थीं, और आधी से ज़्यादा छोटे ट्रक में लाद दी गयी थीं। दो लड़के टेंट की रस्सियाँ खोल कर उसे ज़मीन पर गिरा रहे थे। पुलिस के तीन-चार आदमी सिविल कपड़ों में ही स्टेज के सामने लगी गोल काँटेदार तार को इकट्ठा करके एक लाठी पर चढ़ाकर लाठी को दोनों सिरों से उठाकर वापस ले जा रहे थे। गाँव में नल लगाने वाले महकमे के तीन-चार कर्मचारी, मैदान में लगाई हुई और स्कूल के मुख्य द्वार पर लगाई पाइपें खोल रहे थे और ज़मीन में दबाई हुई पाइपें उखाड़ कर स्कूल के मुख्य द्वार के बाहर बाज़ार में खड़े सरकारी नीले रंग के ट्रक में डाल रहे थे। ऊपर बाँधी हुई रस्सियों की झण्डियाँ टूट कर ज़मीन पर बिखर गयी थीं। पार्टी की झण्डियों के प्लास्टिक के रंग-बिरंगे टुकड़े स्कूल के पूरे मैदान में बिखरे पड़े थे।

स्कूल के मुख्य द्वार पर तैनात पुलिस के जवान भी जा चुके थे। स्कूल एक बार दोबारा खाली लगना शुरू हो गया था।

मदन को तो सब कुछ खाली-खाली लग रहा था। उसका किसी की तरफ़ देखना या किसी से बात करने का मन ही नहीं कर रहा था।

मदन के दिमाग़ में बार-बार एक ही प्रश्न उठ रहा था कि आख़िर उसके गाँव की सूची में उसका नाम क्यों नहीं है? उसने तो अपनी ग्राम सभा में खुद ही अपना नाम लिखवाया था। उसके लिखवाने के बाद क्यों कोई उसका नाम काटेगा, उसने तो गाँव में कभी किसी के साथ लड़ाई नहीं की। उसने तो कभी किसी को नाराज़ नहीं किया।

गाँव में कभी ज़मींदार का छोटा पन्द्रह-सोलह साल का बेटा मिल जाये, उसको भी दोनों हाथ जोड़कर नमस्ते करता है। वह तो ग्राम सभा के बाकी सब नुमाइन्दों को भी हमेशा दोनों हाथ जोड़कर नमस्ते करता है। आते जाते रास्ते में कभी पटवारी, ग्राम सेवक या अन्य कोई सरकारी अधिकारी-कर्मचारी मिल जाये तो हमेशा दोनों हाथ जोड़कर नमस्ते करता है।

यह सोचते-सोचते मदन बाज़ार से गुज़र कर देसू शाह की दुकान तक पहुँच गया। दो सीढ़ियाँ चढ़ कर दुकान के अन्दर आकर बेंच पर बैठ गया।

देसू शाह 'गल्ले' पर अपनी जगह बैठा हुआ था। शाम को घर से आयी हुई चाय स्टील के गिलास में डाल कर पी रहा था। उसका बेटा सोहन भी बेंच पर बैठ कर स्टील के गिलास में डाल कर चाय पी रहा था। सोहन ने मदन को दुकान पर आते देख कर ही लम्बे-लम्बे चाय के घूँट भरना शुरू कर दिया और चाय ख़त्म करके गिलास देसू शाह के पास बेंच पर रख दिया।

मदन के कहने के अनुसार सोहन ने आटा, दूसरा राशन और करियाना तराजू से तोल कर लिफ़ाफ़े में डाल दिया। मदन ने रुपये दिये, अपना सामान लिया और बाज़ार में से गुज़रता हुआ अपने गाँव को जाने वाले रास्ते पर चलने लगा।

मदन का मायूस मन अभी भी यह सोच रहा था कि अगर ब्लॉक विकास अधिकारी साहब ने केवल एक नाम और लिखा होता तो उसका नाम भी सूची में होता। ब्लॉक विकास अधिकारी साहब के केवल चार-पाँच मिनट ज़्यादा लगने थे। इससे मदन का पक्का कमरे का घर बन जाना था। उसके बच्चे भी गर्मियों की आँधी, तूफ़ान से बच जाते। बरसात में टपकते पानी और सर्दियों में कड़ाके की ठण्ड से बच जाते। वह भी बिजली की रोशनी में शाम को पढ़ते। उसका भी सामाजिक रुतबा बढ़ जाता। अगर कहीं उसके नाम का वर्णन होता तो उसको भी कोई मदन झोंपड़ी वाला नहीं कहता बल्कि केवल मदन ही बोलते।

आज रविवार का दिन था। कोई स्कूल का बच्चा भी रास्ते पर नहीं था। दिन में सूरज की गर्मी और शाम को ठण्डी हवा भी चलना शुरू हो गयी थी।

रास्ते में दोनों तरफ़ खेत गन्दम की फ़सल से लहलहा रहे थे। हवा से हिलते पत्ते बहुत ख़ूबसूरत लग रहे थे। गन्दम की फ़सलों के अन्दर दूर-दूर लम्बी क़तारों में सरसों के पौधे ज़्यादा लम्बे बाकी खेत से ऊपर उठ आये हुए थे।

मदन हर रोज़ इन खेतों की हरियाली को देखते, ख़ुश होते घर का सफ़र करता था लेकिन आज उसको यह सब कुछ अच्छा नहीं लग रहा था। मदन बिना इधर-उधर देखे, ज़मीन पर रास्ते की ओर देखते हुए अपने घर की ओर मशीन की तरह क़दम बढ़ाए जा रहा था।

"सरकार तो गरीबों के लिए बहुत कुछ अच्छा करना चाहती है। मन्त्री जी तो आज स्टेज पर भाषण करते हुए बोल कर भी गये हैं कि उनके राज में कोई भूखा नहीं सोयेगा। कोई कच्चे मकान में नहीं रहेगा। पर मेरी अपनी किस्मत ही ख़राब है कौन-सा-किसी का दोष है।"—मदन अपने मन में बिना मुँह खोले बड़बड़ा रहा था। मुझसे पिछले जन्म में पता नहीं कौन से बुरे कर्म हुए हैं जो भगवान हम पर नाराज़ है। जब वह देगा तब ही मिलेगा। जब वह हमारा पक्का घर बनायेगा तब

ही हमारा पक्का घर बनेगा।

इसी तरह विचारों की कड़ियाँ जुड़ती हुईं उसे साल डेढ़ साल पीछे ले गयीं जब ऐसे ही गाँव में सब कह रहे थे कि रेडियो और टेलीविज़न पर सरकार ने एक योजना का ऐलान किया है। मदन के पास तो न रेडियो और टेलीविज़न है इसलिए जो भी पता चला, सब गाँव में सुनी-सुनाई बातों से ही पता चला था।

5

गर्मियों का मौसम था। शाम के पाँच बजे होंगे कि दिन की तपती गर्मी से बचने के लिए मदन गाँव की दक्षिण की ओर दो आम के पेड़ों की जोड़ी के नीचे पिछले दो-तीन घण्टों से भी ज़्यादा समय से छाया में बैठा हुआ था। ज़्यादा गर्मी से राहत पाने के लिए मदन ने अपनी कमीज भी उतार कर पास रख ली थी। मदन के सूखे हुए काले रंग में छाती और पीठ पर पसलियाँ चमड़ी से बाहर उभरी हुई गिनी जा सकती हैं। पेट तो पसलियों से एकदम अन्दर चला गया हुआ। मदन के साथ यहाँ नीचे ज़मीन पर गाँव के कुछ दूसरे लोग भी बैठे हुए थे। यह सब मदन के साथ दिहाड़ी लगा कर मज़दूरी करने वाले ही थे। तीन-चार बड़े स्कूल जाने वाले भी मौजूद थे।

सरदारा नाई गर्मियों में अपनी बाल काटने की दुकान का काम अक्सर यहीं कर लेता है। सरदारा नाई अक्सर गाँव की बातों में या सरकार की बातों में रुचि रखता है। इसको रेडियो में ख़बरें सुनने का बड़ा शौक़ था। हालाँकि अब बहुत लोगों के पास टेलीविज़न हैं पर सरदारा नाई के पास आज भी एक बहुत पुराना फिलिप्स कम्पनी का रेडियो है जिसको वह अक्सर दिन में पास रखता है।

मदन भी सरदारा नाई के पास बैठा हुआ था जब दिन की ख़बरें सुनने के बाद सरदारा नाई ने बात छेड़ी थी कि अब सरकार ने एक योजना बनाई है जिससे अब हर गाँव में और हर एक व्यक्ति, जो काम करना चाहता है, को काम मिलेगा।

"अगर मैं भी काम करना चाहूँ तो मुझे भी काम मिलेगा"—चमन लाल ने पूछा था।

चमन भी मदन के गाँव का था और लगभग मदन की उमर का था। काम में बहुत मेहनती था। दिहाड़ी-मज़दूरी में भी मेहनत से काम करता था।

"आपको क्यों नहीं मिलेगा? यह तो हर गाँव में सबके लिए है।" सरदारा नाई ने चमन लाल को उत्तर देते हुए कहा।

"इसके लिए मुझे क्या करना होगा?" चमन लाल ने एक और सवाल सरदारा नाई से पूछ लिया।

"इतना तो मुझे भी नहीं मालूम है। मैंने तो जितना रेडियो पर सुना उतना आपको बता दिया।" सरदारा नाई ने दूसरी बार जवाब दिया।

मदन के मन में आया कि सरकार ने योजना बनाई है, यह योजना हम जैसे लोगों के लिए है जिनके पास कोई काम नहीं है। मुझे भी इसका लाभ उठाना चाहिए। मदन मन में यह सोचते हुए शाम को घर आ गया। इस योजना की ज़्यादा जानकारी के लिए वह अपने रिश्तेदारों के भाई के पास चला गया। मदन अक्सर किसी बात की जानकारी के लिए अपने रिश्तेदारों में भाई तरसेम से सलाह लेता था।

मदन शाम को तरसेम के घर पहुँच कर उसके साथ चारपाई पर बैठ गया और पूछा–"क्या यह सच है कि सरकार ने कोई ऐसी योजना बनाई है जिससे हर गाँव में अगर कोई काम करना चाहे तो सरकार द्वारा उसको काम दिया जायेगा।"

"हाँ! यह सच है।" तरसेम ने जवाब दिया।

"इसके लिए मुझे क्या करना होगा। सरकार मुझको कैसे काम देगी।" मदन ने तरसेम पर नज़रें टिकाते हुए पूछा।

"अगर आप इस योजना में काम करना चाहते हो तो आपको ब्लॉक विकास अधिकारी के कार्यालय में जाकर अपना नाम लिखवाना है और जो वहाँ नाम लिखवायेंगे केवल उन्हीं को काम मिलेगा। इस योजना का नाम है 'नरेगा' यानि कि नैशनल रूरल एम्पलॉयमेंट गारंटी स्कीम।"

"इसका क्या मतलब हुआ?" मदन ने पूछा।

"इसका मतलब यही कि गाँवों में लोगों को रोज़गार देने की गारण्टी। सरकार यह गारण्टी खुद ले रही है।" तरसेम ने कहा, "और इससे ज़्यादा जानकारी मुझे भी नहीं है। कल मैं ब्लॉक विकास अधिकारी से पूरी जानकारी लेकर आऊँगा और आपको बता दूँगा।"

तरसेम की माँ यानि मदन की चाची तो शीशे के गिलास में चाय डालकर दोनों हाथों में पकड़ कर ले आयी। मदन ने उठ कर पहले अपनी चाची के पाँव छुए और फिर खड़े-खड़े ही चाची के हाथ से चाय का एक गिलास पकड़ लिया और फिर से तरसेम के साथ बैठ गया। शाम को चाय पीने के बाद मदन उठकर अपने घर आ गया। आज उसको शाम की चाय पीने का बहुत मज़ा आया था। क्योंकि अपने घर में तो वह शाम की चाय नहीं बनाते थे। लेकिन उसके मन में जब यह विचार आया कि उसने तो चाय पी ली है लेकिन घर उसकी बीवी और बच्चों ने तो नहीं पी है। बस मन में बेबसी को दबाते हुए अपने घर आ गया।

दूसरे दिन तरसेम ब्लॉक विकास अधिकारी के दफ़्तर से इस योजना के बारे में विस्तार से मालूम कर आया। शाम को वह मदन के घर में ही उसे बताने के लिए आ गया। कान्ता और मदन दोनों घर में ही मौजूद थे। कान्ता चूल्हे के पास बैठकर खाना बना रही थी। मदन कुल्हाड़ी से नदी से लाई हुई लकड़ी को काट कर छोटे-छोटे टुकड़े बना रहा था ताकि चूल्हे में आसानी से जलाया जा सके। गर्मी के

मौसम में ताकत लगाकर काम करने से मदन के चेहरे पर और बाकी जिस्म पर भी पसीना आ चुका था।

तरसेम को अपने घर आते देख मदन ने लकड़ी काटना बन्द कर के कुल्हाड़ी को एक तरफ़ रख कर तरसेम की तरफ़ आ गया। चेहरे पर मुस्कान लाकर तरसेम को नमस्ते की। तरसेम ने अपना दायाँ हाथ आगे बढ़ाया जिस पर मदन ने अपने दोनों हाथ मिलाये। लिपाई किये हुए आँगन पर आकर मदन और तरसेम दोनों रुक गये। मदन ने तरसेम को रुकने के लिए कहा और स्वयं झोंपड़ी की द्रेह की दीवार के साथ खड़ी की हुई चारपाई को पास लाकर ज़मीन पर लगाने लगा। अन्दर से अपनी लोई ला चारपाई पर बिछा कर तरसेम को बैठने के लिए इशारा किया।

तरसेम चारपाई पर बैठकर उनका हालचाल पूछने लगा। फिर बच्चों के बारे में पूछा, ''कमल और कमलेश की पढ़ाई कैसी चल रही है?''

''ठीक चल रही है। दोनों स्कूल जाते हैं।'' मदन ने जवाब दिया।

''उषा और लोकू भी नहीं दिख रहे हैं वह कहाँ हैं?'' तरसेम पहले झोंपड़ी की तरफ़ और उसके बाद गली की तरफ़ देखते हुए कुछ कहने लगा, इतने में कान्ता पीतल के गिलास में पानी ले आयी। तरसेम ने कान्ता के हाथ से गिलास लिया और पानी पीने लगा।

''उषा और लोकू भी गली में बच्चों के साथ खेल रहे होंगे।'' मदन ने जवाब दिया और कान्ता से बोला, ''एक गिलास दो, मैं दूध ले आता हूँ और तुम चूल्हे पर चाय चढ़ाओ।

''नहीं! नहीं!! मैं चाय नहीं पियूँगा''—तरसेम ने चारपाई से उठते हुए मदन को उसकी बाजू पकड़ कर रोक लिया और वापस चारपाई पर बिठा लिया। तरसेम को मालूम था कि इस समय दूध मिलना बहुत मुश्किल था दूसरी बात यह थी कि मदन का कोई पैसा ख़र्च नहीं होने देना चाहता था क्योंकि उसको मदन की माली हालत ख़ूब पता थी।

तरसेम विषय पर आते हुए मदन को बताने लगा—''सरकार ने पूरे देश के लिए एक योजना बनाई है जिसका नाम, मैंने आपको कल भी बताया था, नैशनल रूरल एम्पलॉयमेंट गारंटी स्कीम। उसको संक्षेप में 'नरेगा' कहते हैं। यह पूरे देश में गाँव के उन गरीब लोगों के लिए है जो काम कर सकते हैं और काम करना चाहते हैं पर उनको अपने गाँव में काम नहीं मिलता।''

''और इसका क्या फ़ायदा है?'' मदन ने और जानकारी हासिल करने के लिए पूछा।

''इस योजना में जो भी गाँववासी काम करना चाहेगा, सरकार उसको कम से कम एक साल में एक सौ दिन का काम देने की गारण्टी देती है। इसका मतलब

है कि सरकार एक साल में एक आदमी को एक सौ दिन की दिहाड़ी या मज़दूरी देगी।'' तरसेम ने योजना को विस्तार में बताने की कोशिश करते हुए कहा।

''अगर सरकार एक साल में एक सौ दिन की मज़दूरी न भी करा सके तो भी कम से कम एक सौ दिन की मज़दूरी देगी''—मदन ने अपने मन के अन्दर ही दोहराया और अन्दर ही अन्दर ख़ुश भी होने लगा—''मुझे इसके लिए क्या करना होगा? कौन मुझे इस योजना का काम देगा, सरकार मुझे एक सौ दिन कहाँ काम देगी।''

''हर एक आदमी जो इस योजना में काम करना चाहता है सरकार उसका नाम उसके इलाके में ब्लॉक विकास अधिकारी के दफ़्तर में दर्ज कर लेगी। जो भी काम गाँव में विकास के लिए होंगे, इन कामों में उपर्युक्त योजना के अन्तर्गत दर्ज नामों के आधार पर आदमियों को काम दिया जाता है जैसे किसी गाँव को अन्य दूसरे गाँव के साथ सड़क से जोड़ना। गाँव में कोई गली बनाना या नाली बनाना। सिंचाई के लिए नदी से पानी की नाली बनाना। छोटी नहर पर पुलिया बनाना वग़ैरा-वग़ैरा।'' तरसेम ने बात पूरी की।

मदन को अभी भी यक़ीन नहीं आया था। उसने अपनी आशंका को दूर करने के लिए एक बार फिर तरसेम से पूछा, ''अगर सरकार इतने काम न करवा सके और एक आदमी को एक सौ दिन की मज़दूरी न मिल सके तो...।''

''यही तो है गारण्टी। यही तो है आश्वासन यानि अगर सरकार एक सौ दिन की मज़दूरी न भी करवायी तो भी सरकार ने नाम दर्ज किये हुए आदमियों को साल में एक सौ दिन की मज़दूरी के पैसे देने ही हैं।'' तरसेम फिर इस बात पर ज़ोर देते हुए कहने लगा।

मदन अपने मन में ख़ुश होते हुए सोचने लगा जो हम मज़दूरी के लिए भी इधर-उधर भटकते फिरते हैं यह काम और भी आसान हो गया है। जब कभी कहीं किसी मेट के माध्यम से किसी काम पर जाते हैं तो एक सौ रुपये में से दस रुपये मेट को मुफ्त में देने पड़ते हैं। यह दस रुपये भी बच जायेंगे और मेट का एहसान भी हम पर नहीं होगा। सबसे बड़ी बात यह कि अगर सरकार चाहे तो कम भी काम करवाए, पर साल में एक सौ दिन की तो मज़दूरी मिलनी ही है।

''आप चुप क्यों हो गये'' तरसेम ने मदन को चुप हो जाने के कुछ पल गुज़रने पर पूछा।

''मैं सोच रहा हूँ कि मैं भी कल ही ब्लॉक विकास अधिकारी के दफ़्तर जाकर अपना नाम दर्ज करवा दूँ।'' मदन ने अपनी चुप्पी तोड़ते हुए कहा।

''हमारे ज़िला में यह योजना अगले महीने की पहली तारीख से लागू हो रही है। हर एक नाम दर्ज करवाने वाले को एक जॉब कार्ड दिया जायेगा। हर एक आदमी अपने काम का हिसाब खुद भी रख सकेगा।'' तरसेम ने बताया।

इस तरह मदन ने नरेगा योजना में काम करने का निर्णय ले लिया।

अब तरसेम उठ कर अपने घर जाने लगा। कान्ता और मदन चाहते थे कि आज वह तरसेम को खाना अपने घर में खिलाएँ। कान्ता ने टियोले से उठकर वहीं से तरसेम को कहा, "आज खाना यहीं खाकर जाओ, थोड़ी देर में तैयार हो जायेगा।"

"फिर किसी और दिन खाना खाऊँगा", कहता हुआ तरसेम उठकर जाने लगा। मदन ज़्यादा ज़ोर देकर इसलिए भी नहीं बोला क्योंकि आज ज़्यादा पानी में एक-दो आलू डालकर सालन बना रखा था।

एक ही रोटी खा लेते—कान्ता ने जाते तरसेम को एक बार दोबारा बड़े प्रेम भाव से बोला। पर तरसेम माफी माँगता हुआ वहाँ से निकल कर अपने घर की तरफ़ गली में चला गया। मदन भी गली में कुछ क़दम और आगे चला फिर वापस आकर दोबारा चारपाई पर बैठ गया। कान्ता भी अपने काम में जुट गयी।

मदन ने कुल्हाड़ी ली और लकड़ियाँ काटने में व्यस्त हो गया।

महीना ख़त्म होने के बाद अगले महीने की पहली तारीख आ गयी। मदन सुबह ही दफ़्तर खुलने के समय पर ब्लॉक विकास अधिकारी के दफ़्तर पहुँच गया। दफ़्तर खुलने के लगभग आधे घण्टे बाद ब्लॉक विकास अधिकारी पहुँचा था। बहुत सारे दूसरे लोग भी वहीं दफ़्तर के बाहर मौजूद थे।

ठेकेदार मुख्तयार सिंह वहाँ पर मौजूद था। उसके हाथ में एक लम्बी नामों की सूची थी। यह सब नाम ब्लॉक विकास अधिकारी ने मदन के सामने बोल कर पढ़े थे। इसी सूची में ठेकेदार मुख्तयार सिंह के साथ-साथ रहने वाले गुण्डे जैसे सब लड़कों के नाम थे। मदन तो पहले हैरान हो गया कि यह सब लड़के मज़दूरी का काम करेंगे फिर सोचने लगा यह लड़के जो स्कूटर, मोटर साइकिल पर ठेकेदार मुख्तयार सिंह के साथ पूरा दिन घूमते रहते हैं, सौ रुपये से ज़्यादा का तो एक दिन में पेट्रोल जला देते हैं। शाम को एक आदमी तो सौ रुपये से ज़्यादा की शराब पी जाता है। कम से कम भी पचास रुपये के सिगरेट फूँकते होंगे। अब क्या यह लोग भी दिहाड़ी पर मज़दूरी करेंगे। अब क्या यह भी मेरे साथ काम पर टोकरी उठायेंगे। यह भी तपती धूप में पूरा दिन काम करेंगे। लेकिन इन सवालों का जवाब मदन को नहीं मिला। आख़िर में अपने आप से फिर सवाल करने लगा यह कैसे हो सकता है?

इसी तरह कुछ पंच-सरपंच भी वहाँ मौजूद थे, इन्होंने भी अपने लोगों के नामों की सूची ब्लॉक विकास अधिकारी को दी।

जितने भी लोगों के नाम यहाँ ब्लॉक विकास अधिकारी के यहाँ दर्ज हुए उनमें से बहुत सारों को मदन जानता था। इनमें से कुछ लोग बहुत बार उसके साथ दिहाड़ी पर मज़दूरी कर चुके थे। और बहुत सारों पर तो उसको शक ही था कि वे भी मज़दूरी का काम करेंगे। इन लोगों को अपना नाम दर्ज कराते देख मदन

को यह भी विचार आने लगा कि शायद यही उनको पक्का दिहाड़ीदार बना देगा।

जैसे सिंचाई के विभाग में नहर पर लगे हुए दैनिक भत्ते पर मज़दूर होते हैं। उनकी तो बाद में सरकारी नौकरी भी लग जाती है। अगर ऐसा हो जाये फिर तो वह पेंशन वाली नौकरी से सेवा निवृत्त हो जायेगा। ऐसा होगा तो उसकी ज़िन्दगी ही बदल जायेगी। उसकी तो ज़िन्दगी की कठिनाइयों का हल निकल आयेगा।

अब मदन ने भी अपना नाम दर्ज करवाया। नाम दर्ज करने वाला कर्मचारी मदन को जानता था। नाम दर्ज करने के उपरान्त मदन को कहने लगा, "मद्दी खुद ही काम के बारे में पता करते रहना। दस-बारह दिन के बाद अपने जॉब कार्ड ले जाना और काम शुरू होने पर खुद ही आ जाना।"

दो-तीन दिन के बाद पता चला कि 13 तारीख को विकास मन्त्री खुद यहाँ आकर इस योजना को शुरू कर रहे हैं।

13 तारीख को स्थानीय विधायक और ग्राम विकास मन्त्री जी आये। ग्राम विकास विभाग वालों ने आलीशान इन्तज़ाम किये हुए थे। सभा में बहुत सारे लोग आये हुए थे। स्टेज से ग्राम विकास मन्त्री जी ने अपने हाथों से जॉब कार्ड बाँटे। बाकी के जॉब कार्ड दफ़्तर वालों ने दफ़्तर में दिये।

मन्त्री जी के आने का कार्यक्रम बाद दोपहर चलता रहा। मन्त्री जी ने स्टेज से भाषण दिया। नरेगा योजना के बारे में लोगों को बताया कि कैसे इससे गाँव के काम करने वाले गरीब गाँववासियों को फ़ायदा होगा इस पर भी ख़ूब सारी रोशनी डाली। यहाँ सभा दोपहर बाद तक चलती रही। उसके बाद नाम दर्ज करवाने वालों ने अपना-अपना जॉब कार्ड लिया और घरों को चले गये।

तीन-चार सप्ताह के बाद मदन के गाँव में सरपंच साहब के घर के बाहर की गली बनना शुरू हुई। इस गली का काम नरेगा योजना के अन्तर्गत किया जा रहा था। सरपंच साहिब खुद ही इस काम के ठेकेदार थे। मदन के गाँव में वैसे भी सारे काम सरपंच साहब ही करवाते थे और सरपंच गुलचैन सिंह के होते हुए विभाग वाले भी किसी और को इस गाँव का काम कहाँ देते हैं क्योंकि विभाग वालों को भी पता था कि यह काम या तो पूरा ही नहीं होगा और अगर पूरा हो गया तो अधिकारियों के ख़िलाफ़ शिकायतें ही होती रहेंगी।

ग्राम सेवक के माध्यम से सन्देशा भेजने पर मदन को भी पता चल गया कि गाँव में नरेगा योजना के अन्तर्गत किया जाने वाला कार्य आरम्भ हो गया है। मदन इन दिनों अपने गाँव में मंगे मिस्त्री के साथ किसी एक घर में चार-दीवारी बनाने के काम पर लगा हुआ था। अपने गाँव में नरेगा के अन्तर्गत कार्य आरम्भ होने का सन्देश मिलने पर मंगे मिस्त्री के साथ बात करने के उपरान्त उसी दिन शाम को अपनी पूरी मज़दूरी ले ली।

अगले दिन बड़े उत्साह के साथ उठकर सरपंच गुलचैन सिंह के घर के बाहर गली में शुरू होने वाले काम पर पहुँच गया। शाम तक ख़ूब दिल लगा कर काम किया। ग्राम का काम ख़त्म करके परात-बेलचा धोया और साथ-साथ अपने हाथ-पाँव और मुँह धोया और सब अपने घर जाने की तैयारियाँ करने लगे। सभी मज़दूर वहाँ पर खड़े होकर मेट का इन्तज़ार कर रहे थे कि वह उनको कुछ ख़र्चा दे और वे सभी अपने घर जा सकें।

''पहले तो हम आपको प्रत्येक की मज़दूरी या प्रत्येक दिन का ख़र्चा हर रोज़ नगद दे देते थे पर इस काम में हम आपको कुछ नहीं दे सकेंगे।''—मेट ने काम पर लगे सभी लोगों से कहा।

''क्यों आज आपका ख़ज़ाना भी खाली है क्या?'' हँसी में जमीत राज ने कहा। जमीत राज भी इसी गाँव का था। मदन के साथ अक्सर दिहाड़ी पर मज़दूरी करता था। जमीत राज अक्सर काम पर भी किसी न किसी से मज़ाक़ करता रहता और काम में भी रौनक लगाये रखता।

''हमारा ख़ज़ाना अभी खाली नहीं हो सकता पर इस योजना में जो भी काम होने हैं उनको मज़दूरी सीधे ब्लॉक विकास अधिकारी के कार्यालय से मिलनी है। वह भी रुपयों का चेक मिलेगा।'' मेट ने जमीत राज को जवाब दिया।

अभी तक सब हँसते हुए चुप कर गये थे। मेट के बोलने के अन्दाज़ से वह अब तक जिसको मज़ाक़ समझ रहे थे अब उसको सच मानने लगे थे।

''ब्लॉक विकास अधिकारी के कार्यालय से क्यों? हम तो आपके साथ काम कर रहे हैं।'' जमीत राज ने अब अपनी बात का लहजा बदलते हुए कहा।

''मुझे ठेकेदार गुलचैन सिंह साहब और ग्राम सेवक साहब ने भी यही बताया कि पन्द्रह दिन का भुगतान ब्लॉक विकास अधिकारी साहब के कार्यालय से चेक के माध्यम से किया जायेगा। और चेक ज़ारी करने की तिथि से छह माह पूरे होने से पहले जब भी चाहो रुपये बैंक से ले लो।'' मेट रशपाल ने अब सब मज़दूरों को समझाते हुए कहा और बात को ज़ारी रखते हुए कहने लगा—''हाँ, एक बात अभी से बता दूँ कि तुम लोगों को सत्तर रुपये दिहाड़ी मिलेगी।''

काम पर आये हुए सब लोग चुप हो गये और सोच में पड़ गये क्या मेट रशपाल सच ही बोल रहा है।

''सत्तर रुपये क्यों सब जगह तो सौ रुपये दिहाड़ी मिलती है'', जमीत राज ने अब परेशान होते हुए हैरान होकर कहा। बाकी के सभी मज़दूरों के मन में भी यही प्रश्न उभर रहा था। सब मज़दूर मानो अपनी आँखों और उतरे हुए चेहरे से मेट रशपाल को यही पूछ रहे थे।

''सरकार ने जो मज़दूरी तय की है आपको भी वही मिलनी है या आपको

विशेष मज़दूरी मिलनी है?'' मेट रशपाल ने अब डाँटते हुए स्वर में जमीत राज को जवाब दिया। बाद में अपने स्वर को दोबारा मद्धम करते हुए कहने लगा, ''सरकार द्वारा एक दिन की मज़दूरी सत्तर रुपये तय की गयी है। इससे ज़्यादा मज़दूरी किसी को भी नहीं दी जा सकती और नरेगा योजना के अन्तर्गत किये जाने वाले कार्यों में तो हम लिखा-पढ़ी में ज़्यादा मज़दूर दिखाकर भी ज़्यादा पैसे निकालकर आपको सौ रुपये दिहाड़ी नहीं दे सकते। क्योंकि इसमें तो आपकी मज़दूरी का भुगतान बैंक में रुपये मिलने वाले चेक से होना है।''

मेट रशपाल की बात ख़त्म होने तक सब चुप हो गये थे और सब के सब सोच में भी पड़ गये कि अभी तक तो कभी ऐसा हुआ नहीं। आज तक तो दिन में काम किया और शाम को मज़दूरी ले ली। मज़दूरी नहीं तो ख़र्चा ले लिया और तीन-चार दिन के बाद मज़दूरी का पूरा हिसाब कर लिया।

''आज तक हमने कितने सरकारी कामों पर भी दिहाड़ी पर मज़दूरी की है वहाँ तो कभी भी किसी ने हमें सरकारी तयशुदा मज़दूरी नहीं बताई। वहाँ तो हम पूरे सौ रुपये ही लेते रहे हैं। अगर सरकार ने तय किया है तो वहाँ कैसे उल्लंघन होता है।'' जमीत राज ने अपनी सोच को रास्ता देते हुए अपने मुँह में ही फुसफुसाया।

मदन भी मेट की बातें सुनते परेशान हो उठा था। वह इस बात से ज़्यादा चिन्तित था कि आज तक वह यहाँ भी मज़दूरी करता रहा है शाम को वह अपनी मज़दूरी हासिल कर लेता है और हर एक दिन की मज़दूरी के रुपयों से वह आटा राशन और अन्य करियाना लेकर घर आता है तब जाकर उसके घर का चूल्हा जलता है अगर दिन की सारी मज़दूरी नहीं तो कम से कम थोड़ा ख़र्चा तो ज़रूर मिल जायेगा। यहाँ पर तो मेट रशपाल कोई भी पैसा देने से बिल्कुल मुकर गया है। ऊपर से यह भी कहता है कि मज़दूरी का भुगतान पन्द्रह दिन में होगा उससे पहले कुछ भी नहीं मिलेगा। दिन की सौ की मज़दूरी में तीस रुपये की सीधी काट लग गयी है। जमीत राज यह सोचते घर की ओर चल पड़ा।

मदन चिन्ता में पड़ा हुआ था कि आज शाम को घर में इन्तज़ार कर रहे बच्चे और बीवी के लिए वह आटा राशन वगैरा कैसे लेकर जायेगा? आख़िर उसको मुश्किल में काम आने वाले मसीहा की याद आयी।

सब लोग जो सरपंच गुलचैन सिंह के बाहर गली में लगे काम पर दिहाड़ी लगा रहे थे, अपने-अपने घरों की ओर चले गये। मदन यहाँ से अपने घर की तरफ़ जाने के बजाय मंगा मिस्त्री के घर मुख्य द्वार पर पहुँच गया।

मंगा मिस्त्री का घर सड़क के किनारे पर था। आदमी और जानवर अक्सर सारा दिन सड़क पर गुज़रते रहते थे। मुख्य द्वार खुला रहने के कारण जानवर अक्सर मंगे मिस्त्री के घर घुस जाते इसलिए अब मुख्य द्वार लोहे का बनवाया जो अक्सर बन्द

रखते थे। मुख्य द्वार पर पहुँच कर मदन ने द्वार को खटखटाया।

''आओ मदन अन्दर आ जाओ'' मुख्य द्वार पर मदन को पहचानते हुए मंगे मिस्त्री ने कहा, मैं भी अभी घर पहुँचा हूँ।

दर्जी से सिलवाया हुआ लम्बा कच्छा और बनियान पहने मंगा मिस्त्री मदन को द्वार से अन्दर आते ही अन्दर लेकर जाने लगा।

"मिस्त्री जी अन्दर नहीं आऊँगा। बस एक बात करनी है यहीं पर कर लेता हूँ।" मदन ने मंगे मिस्त्री को वहीं रोकते हुए कहा। मदन नहीं चाहता था कि उसके बच्चों और बीवी के सामने उससे यह बात कहे और उसने अपनी बात बताई–"आज मज़दूरी भी नहीं मिली है और मेरे पास भी कोई पैसा नहीं है। पचास रुपये ज़रूरी चाहिए थे।"

मदन को वहीं छोड़ कर मंगा मिस्त्री अन्दर गया और बन्द मुट्ठी में पचास रुपये का नोट लाकर मदन को दे दिया। मंगे मिस्त्री को पता है कि मदन उधार लेता है। गरीब है पर उधार वापस भी कर देता है। उसको यह भी मालूम है कि इस समय शाम को इसको पचास रुपये क्या करने हैं शायद इसलिए अब उसने मदन को और रुकने के लिए ज़्यादा नहीं कहा।

"मिस्त्री जी कल से मैं दोबारा आपके साथ काम करना चाहता हूँ।" मदन ने प्रार्थना करने वाले स्वर में कहा।

"ठीक है आ जाना।" मंगे ने थोड़ा रुककर कहा।

मदन ने नमस्ते की और मुख्य द्वार से निकल कर दुकान से राशन लेकर अपने घर को चला गया।

रात को मदन सोचता रहा कि उस योजना में कैसे मदन पन्द्रह दिन तक काम कर सकता है। अगर पन्द्रह दिन तक मज़दूरी के रुपये न मिले तो उसका काम करना भी मुश्किल है। एक दिन की मज़दूरी भी सौ रुपये के बदले सत्तह रुपये ही है यानि तीस रुपये का नुक़सान, यह तो कभी भी फ़ायदे में नहीं है।

मैंने फिर से जो मंगे मिस्त्री के साथ काम करने का फ़ैसला ले लिया है यही मेरे लिए ठीक है। मदन रात को चारपाई पर सोचते-सोचते सो गया। अगले दिन से मदन ने दोबारा मंगे मिस्त्री के साथ गाँव में किसी के घर सौ रुपये दिहाड़ी पर काम करना शुरू कर दिया।

पन्द्रह दिन के बाद मदन को सन्देशा मिला कि वह भी अपनी एक दिन की मज़दूरी ब्लॉक विकास अधिकारी के कार्यालय से ले जाये।

मदन ने ब्लॉक विकास अधिकारी के दफ़्तर जाकर सत्तर रुपये का चेक ले लिया। वहीं पर बाबू ने उसे कहा कि जम्मू और कश्मीर बैंक की शाखा में यह चेक देने से उसे सत्तर रुपये मिलेंगे। वह जम्मू और कश्मीर बैंक की शाखा में चला गया।

काउंटर पर अपनी बारी आने पर बैंक बाबू को चेक दे दिया।

"इसको अपने खाते में डाल दो ऐसे पैसे नहीं मिलेंगे।" बैंक बाबू ने चेक की तरफ़ देखकर मदन को कहा।

"मेरा तो बैंक में कोई खाता ही नहीं है।" मदन ने बैंक बाबू को खड़े-खड़े जवाब दिया।

"देखो यह अकाउंट-पे चेक है, यह खाते में जमा करा कर ही पैसे देने वाला चेक है। आप अपना खाता खुलवा लो अगर आपका कोई खाता नहीं है।" बैंक बाबू ने चेक मदन को वापस करते हुए कहा। तब तक दूसरे ग्राहक ने अपना हाथ पहले से बैंक बाबू तक बढ़ा दिया था।

मदन जब बैंक में खाता खुलवाने के लिए अन्दर बैंक के दूसरे अधिकारी के पास पहुँचा तो उसे पता चला कि बैंक में खाता खुलवाने के लिए उसे पहले चालीस रुपये ख़र्च करके दो पासपोर्ट आकार के फ़ोटो लाने हैं। उसके बाद बैंक में खाता खोलने के लिए कम-से-कम पहले पाँच सौ रुपये भी जमा करवाने हैं।

तब मदन सत्तर रुपये का चेक लेकर बैंक प्रबन्धक के पास उनके कमरे में चला गया। उसकी भी मिन्नतें कीं कि वह उसको बिना खाता खोले चेक के सत्तर रुपये दे दे। परन्तु मदन की बात किसी ने भी न सुनी और न ही मानी।

इस तरह से सरकार की 'नरेगा' योजना का मंसूबा मदन को तो बिल्कुल ही रास नहीं आया। मदन सत्तर रुपये के चेक का काग़ज़ का टुकड़ा लेकर बैंक से बाहर निकल आया और वहाँ से चल पड़ा। यह सत्तर रुपये के चेक का काग़ज़ अभी भी मदन ने इस उम्मीद से सँभाल कर रखा है कि शायद किसी दिन उसको इससे सत्तर रुपये प्राप्त हो जायेंगे।

6

आज एक बार फिर नाकामयाबी का सामना करके मदन घर आ रहा था। आशाएँ जीवन से दूर चली जा रही थीं। जीवन में गरीबी और बेबसी के अलावा कुछ नहीं दिखाई दे रहा था। कहीं भी कोई भी रोशनी की किरण नज़र नहीं आ रही थी।

विचारों के इस समुद्र में कभी डूबते-कभी तैरते हुए मदन अपने गाँव में पहुँच गया।

गाँव की गलियों में बच्चों के खेलने से शोर-गुल की आवाज़ें थीं। मदन इनसे बेख़बर अपने-आप में खोये गाँव की गलियों से गुज़र कर अपने घर अपनी झोंपड़ी के सामने स्थायी और न बदलने वाली इमारत की तरह लगने लगा।

इधर उसके बच्चे गली में दूसरे बच्चों के साथ खेल रहे थे। वे तो पश्चिम में सूरज डूबने के समय ही घर वापस आयेंगे जब बाहर अँधेरा होना शुरू हो जायेगा और अन्दर पेट में भूख भी लगना शुरू हो जायेगी।

कान्ता रसोई में जलते हुए चूल्हे के पास बैठी हुई थी। आज उसकी आँखों में बड़े सपने सँजोये हुए थे। आज वह बहुत ख़ुश थी। मदन को घर आते देखकर वह उठ खड़ी हुई। रसोई से बाहर तक आकर अपने चेहरे पर मधुर मुस्कान लाकर मदन का स्वागत करते हुए आगे हाथ बढ़ा कर मदन के हाथ से आटा-राशन और करियाने के सामान से भरा हुआ लिफ़ाफ़ा पकड़ लिया। मदन ने भी अपना हाथ ढीला करते हुए लिफ़ाफ़े का सारा वज़न कान्ता के हाथ पर छोड़ कर अपना हाथ पीछे खींच लिया। कान्ता ने लिफ़ाफ़ा रसोई में जाकर अपनी बैठने वाली जगह पर रख लिया।

कान्ता के चेहरे की मुस्कान का मदन ने कोई जवाब नहीं दिया। मदन चुपचाप चल कर रसोई में कान्ता के पास जाकर बैठ गया।

मदन का मुरझाया हुआ चेहरा देखकर कान्ता समझ गयी कि मदन बहुत थका हुआ है और ज़रूर भूख भी लगी होगी क्योंकि सुबह से कुछ खाया नहीं है। कान्ता ने उठकर शहतूत की टहनियों से बनाई टोकरी से धोए हुए बर्तनों में से पीतल का गिलास लिया और रसोई की दीवार के बाहर वाली तरफ़ घड़ौंची में पड़े मटके के पास आगे की तरफ़ झुक कर पानी का गिलास भरा और वापस रसोई में जाकर मदन को थमा दिया। खुद राशन वाले लिफ़ाफ़े से आटा निकालने लगी।

सर्दी का मौसम है और पानी भी ठण्डा है। मदन ने दो घूँटों में ही भरा हुआ पानी का गिलास पी लिया।

कान्ता उठी और झुक कर झोंपड़ी के दरवाज़े से अन्दर गयी। सिलवर की तराम्बी और आटा छानने वाली गोल छाननी और एक पतीले में पानी लेकर रसोई में आकर अपनी जगह बैठ गयी। तराम्बी में आटा छाना और पानी डाल कर आटा गूँधने लगी।

"मन्त्री जी कब वापस गये थे?"—आटा गूँधते हुए कान्ता ने मदन की तरफ़ देखकर बात को शुरू करते हुए पूछा।

मदन को एक तो भूख से शारीरिक कमज़ोरी महसूस हो रही थी। दूसरा आज की मायूसी से उसका किसी से बात तक करने का दिल नहीं कर रहा था। इसलिए मदन ने कोई जवाब नहीं दिया।

मदन के चुप रहने पर कान्ता मदन की तरफ़ बहुत ध्यान से देखते हुए मदन के चेहरे को पढ़ने लगी और महसूस किया कि वह सिर्फ़ थका हुआ ही नहीं बल्कि मायूस भी है। कान्ता आटा गूँधते-गूँधते थोड़ी देर के लिए रुक गयी और मदन से पूछने लगी—"क्या बात है तुम ठीक तो हो न?"

मदन ने अपनी गर्दन को सीधा करके कान्ता की ओर देखते हुए कहा—"मैं तो ठीक हूँ पर जो हमारे साथ हुआ वह ठीक नहीं हुआ है।"

कान्ता एक बार फिर से रुक गयी जैसे चलती हुई मशीन बिजली बन्द हो जाने पर रुक गयी हो। वह समझ नहीं सकी कि ऐसा क्या हो गया है। उसके मुँह से यह शब्द अपने आप निकल आये, "आप तो गरीबों के लिए घर बनाने वाली सरकार की योजना के रुपयों के चेक लेने गये थे?"

मदन ने एक लम्बी साँस भर कर साँस को बाहर छोड़ते हुए धीमी आवाज़ में कहा—"हमें चेक तो मिला पर चेक से पैसा नहीं मिला।"

दिन भर की सारी कहानी मदन ने कान्ता को सुना दी। कान्ता सारी दास्तां सुनते-सुनते ही सुन्न हो गयी। जैसे उसको बिजली का झटका लग गया हो और देखते ही देखत उसका चेहरा उतर गया जैसे ज़िन्दगी थोड़ी देर के लिए थम गयी हो और सब कुछ रुक गया।

कान्ता भी मदन की तरह मायूस हो गयी जैसे ज़िन्दगी ने बहुत कुछ छीन लिया हो।

कान्ता अपनी ज़िन्दगी में बहुत बार बेबसी का सामना कर चुकी थी। बचपन से ही कितनी अभिलाषाएँ मन में उठीं, कितनी बार हलवाई की दुकान के सामने से गुज़री और मिठाई का मन किया। इसी तरह कितनी बार सुन्दर कपड़े और गहने पहनने को मन किया। इसी तरह से अपने बच्चों के लिए बहुत कुछ लाने को मन

किया पर हमेशा अपनी अभिलाषा अपने मन के अन्दर ही दब कर रह गयी। हर बार बेबस होकर अपने मन को मना लिया कि शायद किस्मत में यही लिखा है और आज भी एक बार फिर से बेबसी से सामना हो गया।

चन्द पलों में ही कान्ता अपनी मायूसी से बाहर आ गयी। कान्ता को ऐसा ही लगा जैसे उसने कोई सुन्दर सपना देखा और उसके बाद उसकी नींद खुल गयी हो। वह फिर से सच्चाई की ज़िन्दगी में आ गयी हो।

कान्ता बड़े सपने कभी नहीं देखती। अगर कोई अभिलाषा मन में आती भी तो ज़्यादा देर तक नहीं रुकती। वह अपने मन में मान जाती कि यह सम्भव नहीं है। कान्ता ने तो कभी यह सोचा तक नहीं कि वह भी कभी गरीबी की दलदल से बाहर निकल पायेगी।

कान्ता फिर से सहज होकर अपनी रफ़्तार से खाना बनाने में लग गयी। थोड़े पलों में ही कान्ता तवे से उतार कर रोटियाँ मदन के आगे रखने लगी। खाना खाते ही मदन के शरीर में जान आने लगी। उसको अगले दिन की चिन्ता होने लगी कि कल का आटा, चावल और करियाना लाने के लिए रुपये कहाँ से आयेंगे।

मदन तो हमेशा पहले बच्चों को खाना खिलाकर बाद में खुद खाना खाता था। आज तो पहले खाना खा रहा था क्योंकि एक तो वह सुबह का भूखा और दूसरा नदी पर मछलियाँ पकड़ने के लिए काँटा लगाने भी जाना था। शाम को सूरज अस्त होने वाला हो गया था और मदन को देर हो रही थी।

आज मदन ने आधा-पेट भर ही खाना खाया और चल पड़ा। आज कहीं बच्चों को खाना कम न पड़ जाये। अगर खाना बच गया तो नदी से वापस आकर वह फिर से खा लेगा।

रोज़ाना की तरह अपनी कँटियों वाला काँटा लिया और तेज़ क़दमों से नदी की ओर चल पड़ा। इस समय तक लगभग नदी पर जाने वाले सब लोग नदी से वापस आ चुके थे। सारा रास्ता खाली पड़ा था। ज़मीन पर घास के छोटे-छोटे पत्तों पर ओस पड़ना शुरू हो गयी थी। नदी के पास होने के कारण यहाँ ओस भी जल्दी ही पड़ना शुरू हो जाती है।

नदी पर पहुँच कर मदन ने लंग की सब कँटिया खाली और रोज़ाना की तरह वहीं से केंचुए गीली ज़मीन खोद कर निकाले और कँटियों के काँटों में लगाये। कँटिया पानी में फेंक कर पक्के धागे को किनारे पर एक पत्थर से बाँध दिया। दो भारी पत्थर भी साथ लगा दिये ताकि अगर बड़ी मछली भी काँटे में फँस जाये तो खींच कर ले जा न सके। अब पश्चिम में सूरज अस्त हो रहा था। नदी के ठण्डे पानी की लहरों पर धुन्ध बनना शुरू हो चुकी थी।

नदी से गाँव पहुँचने तक सूरज पूरा अस्त हो चुका था। रोशनी ख़त्म हो चुकी

थी। अच्छा-खासा अँधेरा हो गया था। जैसे-जैसे मदन गाँव के पास पहुँच रहा था गाँव में जलते बिजली के बल्ब की रोशनी तेज़ दिखाई दे रही थी।

उधर मदन के मन में विचारों की रेलगाड़ी कहीं रुकने का नाम ही नहीं ले रही थी।

गाँव में आकर मदन अपने घर न जाते हुए दूसरी गली में चला गया। यह रास्ता तरसेम के घर की ओर जाता था।

मदन को अभी यह विश्वास नहीं हो रहा था कि उसको गरीब परिवारों को घर बनाने वाला चेक नहीं मिलेगा। वह इस बात को मान नहीं पा रहा था। क्योंकि वह ग्राम सभा को अपना नाम ख़ुद जाकर लिखवा आया था।

तरसेम का पिता शैलोराम और मदन का पिता सरदारी लाल दोनों एक ही दादा के पोते थे। शैलोराम के पिता और सरदारी लाल के पिता दोनों सगे भाई थे। शैलोराम और सरदारी के आपस में अच्छे सम्बन्ध थे। कोई भी अच्छी-बुरी बात पर हमेशा आपस में एक-दूसरे के काम आते थे।

शैलोराम ने हालात की ठोकरें खाते हुए भी बिना उफ किये तरसेम को एम. ए. तक पढ़ाया। आज वह अपने बेटे के पढ़े-लिखे होने पर गर्व महसूस करता था। शैलोराम उमर में ज़्यादा नहीं था पर शायद ज़िन्दगी में अपने शरीर की क्षमता से ज़्यादा मेहनत करने से और खाने में ज़रूरत से कम पौष्टिक आहार मिलने के कारण जल्दी ही बूढ़ा हो गया था। काले रंग की चमड़ी और हड्डियों के ढाँचे के बीच शरीर में और कोई मोटापे वाली चर्बी बिल्कुल नहीं थी। सिर पर बहुत सारे बाल सफ़ेद हो गये थे। काले रंग के चेहरे पर दाढ़ी के बाल तो लगभग सब सफ़ेद हो गये थे।

तरसेम मध्यम क़द और पतली काठी का था। वह अपनी उमर के जवानों में से चनाब नदी में तैरने वाले अच्छे तैराकों में से था। तरसेम अपने स्कूल में पढ़ाई-लिखाई में भी उतना ही अच्छा था। वह शहर में पढ़ाई करने के दौरान और पढ़ाई ख़त्म होने के बाद भी बहुत देर तक प्राइवेट नौकरी करता रहा। अर्थशास्त्र में एम. ए. करने के बाद अब तरसेम अपनी पसन्द की नौकरी कर रहा था। वह 10+2 स्कूल में लेक्चरर लगा था।

दो-ढाई साल पहले तरसेम की अच्छे वेतन वाली सरकारी नौकरी लगने से शैलोराम के घर के हालात सुधरने लगे। कम से कम सुबह-शाम की रोटी की बेएतवारी तो ख़त्म हो गयी थी। शादी करने से एक साल पहले तरसेम ने अपने घर के दो पक्के कमरे भी बना लिए थे। उनके घर में अब बिजली की रोशनी होती है।

शैलोराम खुद तो अभी भी पुरानी झोंपड़ी में सोता है पर अपने बच्चों को पक्के

कमरों में रहते देखकर मन ही मन बहुत गर्व महसूस करता है।

अभी शाम को मदन को अपने घर आते शैलोराम ने झोंपड़ी के अन्दर बैठे देख लिया। मदन भी झोंपड़ी के खुले दरवाज़े से शैलोराम को देखते हुए अन्दर चला गया। एक चारपाई पर बैठे हुए शैलोराम के पाँव छुए और मुँह से कहा चाचू चरण वन्दना।

"जीते रहो पुत्र"—शैलोराम ने मदन को आशीर्वाद देते हुए कहा और उसको अपने साथ चारपाई पर बैठने का इशारा किया।

मदन शैलोराम के साथ चारपाई पर बैठ गया।

तरसेम कमरे के अन्दर बैठा हुआ था। वह भी मदन के आने की आवाज़ सुनकर बाहर आ गया। मदन चारपाई से उठ गया और दोनों हाथों से तरसेम से हाथ मिलाया और मदन एक बार दोबारा शैलोराम के साथ तरसेम के सामने वाली चारपाई पर बैठ गया।

मदन ने तरसेम को बताया कि आज उसको पक्का कमरे का घर बनाने के लिए रुपयों का चेक नहीं मिला। क्योंकि गाँव की नामों की सूची में मेरा नाम नहीं था। और फिर सारे दिन की बात सुनाई और आप भी तो वहीं पर थे। जब मैंने अपना नाम ग्राम सभा को लिखवाया था।

तरसेम ने गर्दन हिलाकर हाँ में हाँ मिलाई। तरसेम के चेहरे पर गहरी सोच के साथ मदन को चेक न मिलने पर अफ़सोस करने वाले भाव आ गये। तरसेम पूरी रुचि और ध्यान से मदन की बात सुन रहा था।

मदन अपनी बात को आगे बढ़ाता हुआ कहने लगा, "वीरूमल तथा पुरोहित रामकिशन इत्यादि सभी को रुपयों का चेक मिल गया है।"

"भगवान भी उन्हीं को देता है जिनके पास पहले ही सब कुछ हो और जिसको ज़रूरत हो उसको तब तक नहीं मिलता जब तक वो न दे।" शैलोराम मदन की बात ख़त्म होने पर अपनी प्रतिक्रिया देने लगा।

अपने पिता की बात पर ध्यान न देते हुए तरसेम कहने लगा, "इसमें कोई शक नहीं कि आपने अपना नाम ग्राम सभा को दिया है पर इसके बाद ब्लॉक विकास अधिकारी साहब को ग्राम सभा द्वारा दी गयी सूची को सत्यापित करना होता है।"

तरसेम की बात ख़त्म होने से पहले ही मदन बोल पड़ा, "इसमें तो कोई शक ही नहीं है कि मैं झोंपड़ी में रह रहा हूँ। आप ही बताओ इस गरीबी में मेरे से ज़्यादा मुश्किल में और कौन इस गाँव में दिन काट रहा है। कोई भी आकर देख सकता है कि इस गाँव में मैं ही सबसे ज़्यादा गरीब हूँ।"

झोंपड़ी में बिजली की तार से लटकते हुए बल्ब की रोशनी में तरसेम ने मदन के काले रंग के सूखे हुए चेहरे पर अपने गाँव का सबसे ज़्यादा गरीब होने का दावा करने के भाव बहुत आसानी से पढ़ लिए। मदन के इस दावे को तरसेम भी अपने

विचारों में तसदीक करते हुए विस्तार से समझाने लगा—"सत्यापित करने का मतलब है जो शर्तें रखी हैं वह सब पूरी होनी चाहिए। जैसे किसी भी फ़ायदा लेने वाले व्यक्ति का यहाँ रहने का प्रमाण, राशन कार्ड, यहाँ के पटवारी की गवाही आदि।"

तरसेम की इस बात को मदन बहुत ध्यानपूर्वक सुन रहा था।

तरसेम को यह सब बातें मदन को विस्तार में समझाते देखकर सामने मदन के साथ बैठा शैलोराम भी ध्यानपूर्वक सुन और समझ रहा था। इससे भी बड़ी बात यह है कि अपने बेटे को इस क़ाबिल देखकर शैलोराम बहुत गर्व महसूस कर रहा था।

तरसेम अपने खानदान में ही नहीं बल्कि दूर-दूर तक के रिश्तेदारों में सबसे ज़्यादा पढ़ा हुआ था। आख़िर में बात ख़त्म करते हुए तरसेम ने मदन को बताया, ''कल सोमवार है, मैं छुट्टी पर हूँ। मैं भी आपके साथ ब्लॉक विकास अधिकारी के दफ़्तर में चलूँगा और पूरी जानकारी हासिल कर लेंगे।''

झोंपड़ी के दरवाज़े पर क़दमों की आहट से सभी का ध्यान भंग हुआ। तरसेम की माँ दो थालियों में खाना लेकर आ गयी। मदन बैठे हुए ही बोला—"चाची पाँव लगना।"

"जीते रहो पुत्र!" चाची ने आशीर्वाद दिया और एक थाली शैलोराम को दी और एक मदन के आगे बढ़ा दी।

"मैं खाना खाकर ही नदी की तरफ़ गया था। यह तरसेम जी को दे दो।" मदन ने चाची से कहा।

"नदी पर एक बार आने और जाने में खाना हजम हो जाता है। आप खाओ।" शैलोराम ने मदन को कहा।

इतने में तरसेम ने अपनी माँ से खाने की थाली ली और मदन के हाथ में थमा दी। मदन ने हँसते हुए थाली पकड़ ली।

मदन ने अपने घर में खाने वाले खाने से ज़्यादा स्वादिष्ट पूरी भरी हुई थाली खाना खाया, पानी का कुल्ला किया। थोड़ा समय और रुकने के बाद शैलोराम और तरसेम से इजाजत लेकर मदन अपने घर की तरफ़ चल पड़ा।

सर्दियों के दिनों में रात आठ साढ़े आठ बजे का समय हो चुका था। सब लोग अपने घरों में चले गये थे। गली में इक्का-दुक्का कुत्ता भौंक रहा था। बाकी शायद पूँछ में नाक छुपा कर सो रहे थे। घरों में बिजली के बल्व चमक रहे थे। घरों की रसोइयों के पानी से कच्ची गलियों में बहुत जगह कीचड़ था। घरों के अन्दर से अभी बोलने की आवाज़ें कहीं कुछ सुनाई दे रही थीं। अधिकतर लोग बिस्तर में जाकर सो चुके थे।

गाँव के बाहर से गाँव की तरफ़ आने वाले एक ट्रैक्टर की आवाज़ सुनाई दे रही थी। वह अक्सर सरपंच साहब के देर से गाँव में आने की होती थी।

गाँव में लोग अक्सर सारी रात बिजली को बन्द नहीं करते हैं क्योंकि बिजली के मीटर तो कहीं भी नहीं लगे हैं। बहुत सारे लोगों के घरों में तो लोगों ने खुद ही तारों का काँटा बना कर बिजली लगा ली।

इसी बिजली की रोशनी में कच्ची गली में कीचड़ को पार करते हुए मदन अपने घर पहुँच गया। उसके बच्चे खाना खाकर बिस्तर में जा चुके थे। बच्चों को खाना खिलाने के बाद कान्ता मिट्टी के तेल से जलते हुए दिये की रोशनी में बर्तन साफ़ कर रही थी।

"आज आपने बहुत देर लगा दी कहाँ चले गये थे?" मदन को घर आते हुए देखकर कान्ता ने पूछा।

"नदी से आकर तरसेम के घर गया था। उसके साथ मैंने आज वाली बात की। कल सुबह वह मेरे साथ ब्लॉक विकास अधिकारी के दफ़्तर में चलेगा।" यह कहते हुए मदन सिर को झुकाते हुए झोंपड़ी के छोटे से दरवाज़े से झोंपड़ी के अन्दर चला गया।

दिन में बच्चे खेल खेल कर थक जाते हैं इसीलिए शाम को खाना खाते ही सो जाते हैं। मदन ने बच्चों को सोते देखा और चुपचाप अपनी चारपाई पर बैठ गया। पाँव के पंजे से दूसरे पाँव की एड़ी से जूता खिसका कर उतार लिया और इसी तरह से दूसरा जूता भी उतार लिया। दोनों टाँगें उठाकर चारपाई के ऊपर बिस्तर पर चढ़ा लीं। ओढ़ी हुई लोई भी उतार कर सिरहाने के पास रखकर रज़ाई को एक तरफ़ से उठाया और कमल के साथ लेट गया।

तरसेम से मिलने के बाद मदन को रोशनी की किरण दिखने लगी थी। वह एक बार फिर से उम्मीदों की नदी में तैरने लगा था।

"आपके लिए खाना बचा है, लेकर आऊँ?" कान्ता ने मदन के सपनों को भंग करते हुए अन्दर आकर पूछा। कान्ता बर्तन साफ़ कर के अन्दर रख चुकी थी।

''नहीं मैं तरसेम के घर खाना खा कर आया हूँ।''

मदन ने बिस्तर में लेटे हुए कान्ता को जवाब दिया। मदन फिर से अपने विचारों के बहाव में चला गया। विचारों का बहाव उसे उसके बचपन में ले गया जब वह अभी छोटा ही था। उसका पिता सरदारी लाल पूरी जवानी में था।

7

जवानी में सरदारी लाल तगड़ा नौजवान था। यह उन दिनों की बात है जब न्यू प्रताप नहर अर्थात् नयी वाली प्रताप नहर का निर्माण हो रहा था। सारे इलाके में बड़ी चर्चा थी कि इससे गरीब किसानों को बहुत लाभ होगा। लोगों में बड़ा जोश था। हर एक गाँव से बड़ी ज़्यादा संख्या में मर्द नहर की खुदाई के काम में मज़दूरी करने जाते थे। सरदारी लाल ने भी वहाँ पर बहुत दिन तक मज़दूरी की थी। वहाँ पर काम करने वाले हर एक मज़दूर का उत्साह, एक मज़दूर से भी कई गुना ज़्यादा था। यह बातें सरदारी लाल अक्सर घर में सुनाया करता था।

"प्रताप नहर की खुदाई के समय हम हर दिन सुबह काम पर पहुँच कर काम शुरू करने से पहले श्री वैष्णो देवी के पहाड़ों की तरफ़ मुँह करके प्रार्थना किया करते थे।"—सरदारी लाल ने कहा और फिर आगे की कहानी सुनाना शुरू किया—"इसके इलावा भी खोदते हुए अगर कोई बड़ा पत्थर या किसी पेड़ की बड़ी जड़ रास्ते में आती तो हम माता रानी का नाम लेकर पूरी ताकत लगा कर उसको हटा देते। कई बार तो नहर के किनारे के बाँध पर टोकरियों से मिट्टी डालते हुए विचार आता है कि जब नदी के पानी से नहर भर कर पानी चलेगा तो अगर यहाँ कहीं नहर की कच्ची मिट्टी की दीवार का बाँध टूट जाये तो इतना पानी तो सब कुछ बहा ले जायेगा। आख़िर आग और पानी के आगे किसका ज़ोर होता है। फिर से माता रानी को याद करते और ऐसे विचारों को मन से बाहर निकालने की कोशिश करते हुए दबा देते। ऐसे में हमने कितने सप्ताह और महीने लगा दिये और साल भी बीत गये तब जाकर यह नहर बनी जो तुम लोग आज देख रहे हो। यह नहर हमने अपनी जवानी की सारी ताकत और जोश लगाकर बनाई है।" यह बात कहते हुए सरदारी लाल के चेहरे पर बड़ा गर्व होने के भाव आ जाते।

नहर का पूरा निर्माण होना और फिर उसमें पहली बार पानी छोड़ना, जिस दिन पहली बार नहर में पानी छोड़ा तो नहर के आस-पास के इलाकों के सब जवान-बच्चे नहर को देखने आये थे। सरदारी अभी भी सुनाये जा रहा था। इसके बाद की बात पर आते हुए सरदारी लाल के चेहरे पर गर्व और ख़ुशी के भाव अक्सर चले

जाते। चेहरे पर चमक फीकी पड़ जाती। एक लम्बी साँस लेकर थोड़ी देर के लिए रुक जाता। तब कहानी सुनने वालों में कोई एक पूछ ही लेता—"फिर क्या हुआ?"

"जो लाभ-फ़ायदा उस समय सुनाया जाता था वह तो हमें कुछ भी नहीं हुआ।"—सरदारी लाल जवाब देकर कुछ समय के लिए फिर रुक जाता। सरदारी लाल के चेहरे से लगता है कि अब उसको कोई पूछे कि उसको कौन-सा लाभ नहीं हुआ। तभी कहानी सुनने वालों में से एक ने फिर सरदारी लाल से पूछ लिया। इस पर सरदारी लाल ने लम्बी साँस ली और अपने अन्दर दबी हुई भावनाओं को निकालने लगा—"हम ने अपनी जवानी की सारी ताकत लगा दी थी इस नयी प्रताप नहर को खोदने और बनाने में। जितनी हमें मज़दूरी मिलती थी उसके कई गुना ज़्यादा हमने उसमें मेहनत से काम किया है। हम सब मज़दूरी करने वालों को यह विश्वास था कि इस नहर के बनने के बाद हम सब की आर्थिक हालत सुधरेगी। पर हमें क्या पता था कि इससे हमें इतना ही मिलना है जो हमें मज़दूरी मिल रही है।"

कहानी सुनने वालों में से जमीत राज पूछने लगा, "चाचू सरदारी, मज़दूरी के अलावा और क्या लाभ मिलना था?"

तब सरदारी लाल अपनी ज़िन्दगी की सारी शराफ़त और आवाज़ में निराशा के साथ अपने दिल में बसने वाले गुब्बार को बाहर निकालने लगा—"इस नहर के निर्माण के बाद नदी का पानी हर खेत तक पहुँचने लगा। आषाढ़ और सावनी दोनों फ़सलों के लिए जब भी बारिश की कमी होती तभी खेतों को नहर के पानी से सींच लिया जाता। जो बंजर ज़मीन थी जिस पर कोई फ़सल नहीं होती थी उसको भी नहर के पानी से सिंचाई करके अच्छी उपजाऊ ज़मीन बना लिया। आज वहाँ हरे भरे खेत हैं आज बाहर कहीं भी खेतों से गुज़रो, चारों तरफ़ हरियाली ही हरियाली है। खेत सोना उगल रहे हैं किसी भी खेत में आज तीन-चार गुना से ज़्यादा अनाज पैदा होता है। वह सब लाभ नहीं तो और क्या है। चन्द सैकेंड रुकने के बाद सरदारी लाल ने अपनी बात को पूरा करने के लिए आगे बढ़ाया। लेकिन यह सब लाभ उन्हीं को हुआ जो ज़मीनों के मालिक थे जो ज़मींदार थे। हमारे पास तो यह चार-पाँच मरले ज़मीन है, जिस पर हम रहते हैं। इसके अलावा कोई ज़मीन है ही नहीं।"

जमीत राज और बाकी के सब सुनने वाले सोचने लगे कि बात तो सच यही है। सरदारी लाल तो बिल्कुल ठीक कह रहा है।

"सरदारी द्वारा बनाई गयी नहर से सिर्फ़ उन्हीं को लाभ हुआ जो पहले भी अच्छे अमीर थे। हम गरीबों को इस योजना से कोई लाभ नहीं हुआ सिवाय इसके कि आज गर्मियों में हम और हमारे बच्चे इसमें नहा लेते हैं और यहाँ कुआँ दूर है, इसका पानी भी पी लेते हैं।" सरदारी लाल की इस आह में ऐसा लगता था जैसे उसके साथ धोखा हुआ है और अब इस पकी हुई उमर में कोई उम्मीद भी न हो।

“किसी का भी क्या दोष है? हमारी अपनी किस्मत ही ख़राब है। पिछले जन्म में कोई बुरे कर्म और पाप किए होंगे हमने जो इस जन्म में तो भुगतेंगे ही।” सरदारी लाल अपने आपको कोसने लगा।

इस बात पर सब अपने मन में सहमत हो गये कि यह तो पिछले जन्म के पाप या पुण्य के कर्मों का ही फल है। इन्हीं जज़्बातों के साथ बात की चर्चा का मुद्दा बदल गया पर हर एक के दिमाग़ में बात ख़त्म नहीं हुई।

मदन के गाँव से लगभग दो किलोमीटर पूर्व में मिलिटरी का ब्रिगेड था। रात के दस बजे पर वहाँ से दस बार घण्टा बजाया गया। रात को यह आवाज़ बहुत साफ़ सुनाई दी। मदन के विचारों की लीला भंग हो गयी। मदन ने अपने आस-पास ध्यान लाया। कान्ता भी सो चुकी थी। बाहर बिल्कुल सुनसान सन्नाटा हो गया था।

मदन ने बिस्तर में लेटे-लेटे कमल की तरफ़ करवट ली। पीछे की तरफ़ से रज़ाई थोड़ी ऊपर उठी। ठण्डी हवा की लहर सिर से लेकर पाँव तक बाहर की सर्दी का अहसास करा गयी।

ऊपर वाले हाथ को मदन ने पीछे किया, रज़ाई पकड़ कर थोड़ा सा पीछे खींचा और अपनी पीठ को फिर से ढक दिया। ऊपर वाले हाथ को आगे करके कमल के पीछे तक ले गया और टटोल कर देखा कि कहीं बच्चे से तो रज़ाई न उतर गयी हो और हाथ पीछे खींच लिया।

मदन सोच-विचारों के समुद्र में तैरता ही जा रहा था। पास आने का कहीं किनारा ही नज़र नहीं आ रहा था। विचारों के कारण मदन की नींद भी कोसों दूर चली गयी थी, पास आने का नाम ही नहीं ले रही थी।

पिता सरदारी लाल की नयी प्रताप नहर के निर्माण से खेतों में सिंचाई की कहानी, खेतों में हरी-भरी फ़सलों की बातें मदन के मन को छू रही थीं। हरे-भरे खेतों की तस्वीर उसकी आँखों के सामने आ रही थी।

मदन को अब यह विचार आने लगे कि काश उनके पास भी थोड़ी ज़मीन होती जिस पर वह भी खेती-बाड़ी करते। नहर के पानी से सिंचाई करके अच्छी फ़सल उगाते। उनके पास भी ज़िन्दगी में कुछ तो सहारा होता ।

यहाँ भी हमारी किस्मत ख़राब रही। हमारे बुजुर्ग भी अगर खेती-बाड़ी का काम करते होते तो आज हमें भी कुछ ज़मीन मिली होती। मदन अपने विचारों में खुद को कहने लगा।

मदन को विचारों की एक लहर उस समय में ले गयी जब वह अभी बहुत छोटा था। अकेला नगर तक भी नहीं जा सकता था। उन दिनों में जो कम्मी जैलदार दयाराम और दूसरे ज़मींदारों के खेतों में बहुत वर्षों से खेती-बाड़ी का काम करते

थे। पटवारी ने उनके नाम की गिर्दावरी भी अपनी मिसलों में चढ़ाई हुई थी। सन् 1971 ई. तक पटवारियों द्वारा बनाई गयी इन मिसलों के आधार पर सरकार ने उन सब कामगार-किसानों को ज़मीन का मालिक बना दिया। जो भी इन ज़मीनों पर ज़मींदारों के लिए खेती-बाड़ी करते थे। अब वह इन खेतों में पैदा होने वाली सारी फ़सल के मालिक थे। अब इस पर ज़मींदार का कोई हक नहीं था।

मदन की आँखों के सामने बचपन की तस्वीरें बनने लगीं।

8

मदन अभी छोटा ही था। सब जगह यह चर्चा थी कि मुख्यमन्त्री शेख मोहम्मद अब्दुल्ला ने ज़मींदारों के खेतों में काम करने वाले कामगार-किसानों को ज़मीनों का मालिक बना दिया है।

जंगी जो कि सरदारी लाल का हमउम्र और उसकी शादी का मित्र भी था। सरदारी लाल की शादी में इसी ने सरदारी लाल की बाजू से शगुन का गाना खोला था। वह भी इसी गाँव का रहने वाला था।

जंगी उनके घर आया हुआ था। सरदारी लाल और जंगी आमने-सामने ज़मीन पर बैठे हुए थे। मदन बाहर से खेलता हुआ अन्दर आया और उनकी बातें सुनने लगा था।

जंगी कह रहा था—"सोमवार को हमारा मुख्यमन्त्री शेख मोहम्मद अब्दुल्ला खुद यहाँ आ रहा है। उसकी पार्टी के लोग गाड़ियों में स्पीकर लगा कर जगह-जगह घूम कर ऐलान कर रहे हैं और कह रहे हैं कि बहुत बड़ी सभा को सम्बोधित करेंगे मुख्यमन्त्री शेख मोहम्मद अब्दुल्ला साहब। यह भी सुनने में आया है कि कामगार किसानों को वह खुद अपने हाथ से ज़मीनों के मालिकाना हक के पट्टे बाँटेंगे।"

जमींदार लोग ख़ुश नहीं थे। क्योंकि उनके हाथों से उनकी वर्षों की विरासत छिन रही थी। जिन पर आज तक वह हुक्म चलाते थे अब वह खुद उन ज़मीनों के मालिक बनने जा रहे थे, जिन ज़मीनों पर ज़मींदारों के लिए फ़सल बीजते और काटते थे। अब उन पर ज़मींदारों का कोई हुक्म चलने वाला नहीं था।

ज़मींदारों की ज़मीनों में काम करने वाले कामगार किसानों में बहुत उत्साह था। क्योंकि अब ऐसा होने जा रहा था जो उन्होंने सपने में भी नहीं सोचा था। आज तक वह कामगार किसान जो लगभग गुलामों जैसी ज़िन्दगी बसर कर रहे थे, एक ही झटके में ज़मीनों के मालिक बन रहे थे। लेकिन यह ख़ुशी वह अपने अन्दर या अपने साथियों के साथ अपने घरों के अन्दर ही चर्चा में ला रहे थे।

जंगी ने सरदारी लाल को अपनी एक चिन्ता भी जतलाई—"एक बात यह भी सुनने में आ रही है कि कहीं ज़मींदार यह भी कह रहे हैं कि मुख्यमन्त्री शेख मोहम्मद

अब्दुल्ला इनको ज़मीनों के पट्टे दे जायेगा पर उस दिन देखेंगे जब यह उन ज़मीनों पर कब्ज़ा करेंगे।" पतली क़द-काठी के जंगी के चेहरे पर चिन्ता के भाव आने लगे।

मदन पास बैठे सब बातें सुन रहा था पर उसको इन सब बातों का क्या करना है उसको तो कुछ भी समझ नहीं आ रहा था।

बहुत देर तक सरदारी लाल और जंगी के बीच ऐसे ही बातें चलती रहीं। उसके बाद जंगी अपने घर चला गया।

सोमवार के दिन बहुत सारे लोग सुबह नगर की ओर पैदल ही जाने लगे। उन दिनों हर गाँव में सड़क नहीं थी। ज़्यादातर कच्चे रास्ते ही थे। बसें या दूसरी गाड़ियाँ ज़्यादा नहीं होती थीं।

सुबह ही जंगी सरदारी लाल के घर आ गया और दोनों को नगर में मुख्यमन्त्री शेख मोहम्मद अब्दुल्ला साहब की सभा में जाना है। इस पर मदन भी ज़िद करता हुआ कह रहा, "मैंने भी जाना है, मैंने भी मुख्यमन्त्री शेख मोहम्मद अब्दुल्ला साहब को देखना है।"

"सरदारी लाल, ले चल मद्दी को भी। छोटा बच्चा है। इसी बहाने यह भी नगर में घूम आयेगा।" मदन को ज़िद करते हुए देख जंगी ने सरदारी लाल को सुझाव दिया।

सरदारी लाल और जंगी ने मदन को साथ ले लिया और गाँव से निकल कर कच्चे रास्ते पर चलते हुए नगर की ओर चल पड़े। रास्ते में और भी बहुत सारे लोग सभा में शामिल होने के लिए जा रहे थे।

स्कूल के मैदान में यहाँ सभा होनी थी। वहाँ कोई चारदीवारी नहीं थी। सच में वहाँ पर बहुत लोग इकट्ठे हुए थे। लोग स्कूल के मैदान के बाहर जहाँ पर आज नहर बहती है वहाँ तक और उसके आगे सड़क तक बैठे हुए थे।

जब मुख्यमन्त्री शेख मोहम्मद अब्दुल्ला साहब की गाड़ी सड़क पर धूल उड़ाती हुई आयी तो लोगों में जोश की लहर दौड़ गयी।

जब तक मुख्यमन्त्री शेख मोहम्मद अब्दुल्ला साहब गाड़ी से उतर कर स्टेज पर पहुँचे तब तक नारे गूँज रहे थे।

स्टेज से माइक पर बोला जा रहा था—"शेख साहब।"

उत्तर में लोग जवाब देते "जिन्दाबाद।" स्टेज से आवाज़ आती—"शेर-ए-कश्मीर।"

लोगों का जवाब आता—"जिन्दाबाद।"

स्टेज से बोला जाता "आ गया भाई, आ गया।" लोगों से जवाब "शेर-ए-कश्मीर आ गया।"

इसी तरह से और बहुत सारे नारे बार-बार दोहराए जाते। थोड़े ही समय में तो भीड़ बिल्कुल बेकाबू हो रही थी। सरदारी लाल और जंगी भी इसी भीड़ में स्टेज से काफी दूर थे। मदन को तो पता ही नहीं चल रहा था हमारे मुख्यमन्त्री शेख मोहम्मद

अब्दुल्ला कौन हैं। चन्द मिनटों के बाद भीड़ शान्त होने लगी। माइक में बार-बार ऐलान किया जाने लगा—कृपया बैठ जायें, कृपया बैठ जायें।"

स्टेज के बिल्कुल पास के लोगों ने बैठना शुरू किया। उसके बाद उनके पीछे वाले भी बैठने लगे। तब मदन को अपने कन्धों के ऊपर उठा कर कहा—"स्टेज पर सबसे लम्बा आदमी जिसने सिर पर टोपी भी पहनी है वही हमारे मुख्यमन्त्री शेख मोहम्मद अब्दुल्ला हैं।"

"कौन सा?" मदन ने एक बार फिर पूछ लिया।

"वह जिसने लम्बा-सा कोट पहना हुआ है। सबसे लम्बा।"—सरदारी लाल ने एक बार फिर से मदन को हाथ की उँगली से स्टेज की ओर इशारा करते हुए कहा।

शेख मोहम्मद अब्दुल्ला सिर पर करा-कुल्ली टोपी और काले रंग की अचकन पहने स्टेज पर खड़ा था। स्टेज पर बाकी खड़े नेता मुश्किल से उसके कन्धों तक पहुँच रहे थे। वह मुस्कराते हुए अपना हाथ हवा में लहरा कर लोगों के स्वागत का जवाब दे रहा था। उसके मुस्कराने पर मुँह खुल रहा था जिससे उसके मुँह में ऊँचे दाँत भी दिख रहे थे।

मदन को इसके अलावा और कुछ भी याद नहीं कि एक बार जंगी भी उठ कर स्टेज पर गया था और शेख मोहम्मद अब्दुल्ला साहब के पास खड़ा हुआ था।

दूसरे दिन की बातें जो बाद में भी कई बार चर्चा में आयीं, वह तो मदन को ज़रूर याद है कि नाई, तरखान लोहार और झीवर आदि कामगारों को ज़मीनों के पट्टे नहीं मिले हैं। क्योंकि यह सब कामगार सीधी खेती-बाड़ी के काम में नहीं हैं और इसीलिए इनके नाम की किसी भी ज़मीन पर कोई गिर्दावरी नहीं। जिस कामगार के नाम गिर्दावरी नहीं है उसको तो कोई ज़मीन का पट्टा नहीं मिला है। सरदारी लाल अक्सर अपने घर में कहता था। हम भी खेतों में काम करते रहे पर फ़र्क़ सिर्फ़ इतना था कि हमने अपने हाथ में दराँती नहीं पकड़ी थी। दराँती वाले और हल चलाने वाले हर एक किसान को पानी पिलाते थे। विवाह शादियों में सेवा करते थे। यह भी सरकार का कोई न्याय नहीं कि एक गाँव में एक को ज़मीन दी और एक को कुछ भी नहीं दिया।

मिलिटरी ब्रिगेड ने घंटा बजाया जिसने एक बार फिर से मदन के विचारों को भंग कर दिया। इस समय ग्यारह बजे थे। बहुत रात गुज़र चुकी थी।

इस समय तक तो सारा गाँव गहरी नींद में सो गया था। दूर कुछ कुत्तों के भौंकने की आवाज़ सुनाई दे रही थी। इन विचारों की रेलगाड़ी में चलता हुआ मदन कब नींद में भी चला गया, यह उसको पता ही नहीं चला।

देर रात को सोने के बावजूद सुबह की नींद अपने समय पर खुल गयी और तड़के सुबह कड़ाके की सर्दी के बावजूद नदी पर जाना, मछली पकड़ कर लाना, अपने नियमित समय पर मदन ने अपने रोज़ाना की ज़िन्दगी के काम जैसे करता

था वैसे ही किये।

सुबह नदी से मछली लेकर लौटने पर चाय पीने के बाद मदन अपने घर में ही तरसेम का इन्तज़ार करने लगा। स्कूल सब बच्चे चले गये। बिना घड़ी के ही मदन के अनुमान अनुसार सुबह के दस बजने वाले थे।

मदन को लगा कि शायद देर हो रही है। मदन ने मछलियों की पोटली हाथ में ली और हाथ को ओढ़ी हुई लोई के अन्दर कर लिया और तरसेम के घर की ओर चल पड़ा।

टोयाले में बैठी कान्ता आज फिर ना-उम्मीदों में भी उम्मीद की आस लिए मदन को गली में अपनी नज़रों से ओझल होने तक गर्दन ऊपर किये देखती रही।

तरसेम के घर में अभी कोई चारदीवारी नहीं है और न ही कोई मुख्य-द्वार है। मदन सीधा घर के कमरे के बाहर आँगन तक पहुँच गया।

तरसेम धूप में लगी चारपाई पर बैठ कर नाश्ता कर रहा था। तरसेम ने मदन को अपने साथ चारपाई पर बैठने के लिए कहा, "यहीं बैठ जाओ।"

मदन ने टोयाले में बैठी तरसेम की माँ से कहा, "चाची चरण वन्दना।" और खुद तरसेम के साथ चारपाई पर बैठ गयी।

"तोशी एक थाली और मदन भाई साहब के लिए ले आओ।" तरसेम ने टोयाले में बैठी अपनी छोटी बहन सन्तोष को मदन के लिए नाश्ता लाने के लिए कहा।

मदन को अन्दर से तो भूख थी पर उसने कहा, ''नहीं! नहीं!! तोशी! तोशी नहीं लाना मैं नाश्ता खा कर आया हूँ।"

तरसेम को मालूम था कि मदन के घर में तो सही चूल्हा तो दिन को ही जलता है जब वह मछली बेच कर राशन लाता है। तरसेम जानता है कि मदन यहाँ खाने में शर्म महसूस कर रहा है। इसलिए तरसेम ने कहा, "एक बार थोड़ा और खा लो।" उधर सन्तोष को भी कहा, "ले आओ तुम।"

मदन ने चारपाई पर बैठ कर तीन-चार पराँठे से नाश्ता किया और बाद में एक कप चाय भी पी। आज सुबह पराँठे से नाश्ता करने के बाद में चाय पीकर वह बहुत सन्तुष्टि महसूस कर रहा था। क्योंकि मदन ने आज बहुत दिनों बाद वनस्पति घी के पराँठे खाए थे। पराँठे खाने से हाथों में लगे घी को मदन ने अपने पूरे हाथों में मल लिया और कुछ सिर पर बालों पर लगा लिया।

तरसेम नाश्ता करके कमरे के अन्दर गया और कपड़े बदल कर बालों में कंघी करता हुआ बाहर निकला।

थोड़े समय में वह दोनों नगर की ओर चल दिये। सूरज ऊपर आ रहा था। धूप अच्छी आ चुकी थी। सूरज की किरणों से हवा के तापमान में सर्दी कम होने लगी थी।

आपस में बातें करते हुए वह दोनों नगर में पहुँच गये। सारे रास्ते में मदन के

अन्दर एक सवाल उठ रहा था कि उसको अपना घर बनाने के लिए उस योजना द्वारा रुपयों का चेक मिलेगा या नहीं मिलेगा। आज इसी उलझन पर विचार करते हुए उसका सारा सफ़र कट गया।

नगर में पहुँच कर मदन दस-पन्द्रह मिनटों के लिए तरसेम को पीछे बाज़ार में छोड़ कर खुद थोडू के ढाबे पर पहुँच गया।

थोडू अपने ढाबे में जलती हुई अँगीठियों पर रखे हुए पतीलों में व्यस्त था। यह समय उसका दोपहर का खाना तैयार करने का था। ढाबा के अन्दर उसका नौकर पंजू एक बड़ी-सी तराम्बी में प्याज काट रहा था। प्याज काटने से पंजू की आँखों में जलन हो रही थी इसीलिए वह कभी दायीं तरफ़ और कभी बायीं तरफ़ अपनी गर्दन घुमा लेता और बार-बार अपनी आँखें ज़ोर से दबाता और फिर खोलता। पहले धुएँ में अँगीठी जलाता और उसके बाद प्याज काटने से उसकी आँखें लाल हो गयी थीं।

मदन सीधा ढाबे के अन्दर जाकर मछलियों की पोटली खोलने लगा और सारी मछलियाँ निकाल दीं। थोडू एक बार अन्दर आया, मछलियों को देखा और फिर से ढाबा के दरवाज़े पर अँगीठियों पर रखे हुए पतीलों में पकते दाल और चावल हिलाने लगा।

मदन ने खुद ही उठकर रोज़ाना की तरह एक खाली बड़े पतीले में सब मछलियाँ डाल दीं और खुद थोडू के पास आ कर खड़ा हो गया। वह थोडू से आज की मछलियों के रुपये लेने का इन्तज़ार कर रहा था।

थोडू ने घूम कर मदन की ओर देखा और अपने कुर्ते की दायीं तरफ़ की जेब में हाथ डालकर रुपये की गड्डी निकाली और उसमें से दो पचास रुपये के नोट निकाल कर मदन के हाथ में थमा दिये। मदन ने सौ रुपये पकड़े और अपनी जेब में डालते हुए वापस तरसेम की ओर जाने लगा।

इस समय बाज़ार में काफ़ी चहल-पहल हो गयी थी। तरसेम बाज़ार में ही मदन का इन्तज़ार कर रहा था। मदन वापस तरसेम के पास पहुँच गया।

लगभग ग्यारह बजने से पहले ही मदन और तरसेम दोनों बाज़ार में ही बने ब्लॉक विकास अधिकारी के दफ़्तर में पहुँच गये। दफ़्तर लगभग खाली ही दिख रहा था।

अभी कल ही तो मन्त्री जी यहाँ होकर गये हैं और आज यहाँ इतनी जल्दी कहाँ कोई कर्मचारी आने वाला है। तरसेम और मदन वहीं पर ब्लॉक विकास अधिकारी का इन्तज़ार करने लगे। दफ़्तर में मुश्किल से चपरासी या बाबू था।

यहाँ पर ब्लॉक विकास अधिकारी के दफ़्तर के बाहर मदन के गाँव के पास वाले गाँव से भी पाँच-छह आदमी थे। चिम्मो (चमन) को मदन जानता है क्योंकि बहुत बार इन्होंने इकट्ठे दिहाड़ी पर मज़दूरी की है। बाकी के लोगों की वेश-भूषा से भी लगता है कि वह भी मेहनत-मज़दूरी करने वाले ही हैं।

दोपहर के लगभग एक बजे के करीब ब्लॉक विकास अधिकारी साहब अपने दफ़्तर पहुँचे। उनके आने के साथ ही उनके दफ़्तर के बाकी कर्मचारी जो बाज़ार में इधर-उधर घूम रहे थे सब दफ़्तर आ पहुँचे। दफ़्तर में एकदम चहल-पहल हो गयी।

तरसेम नमस्ते करते हुए ब्लॉक विकास अधिकारी के दफ़्तर के अन्दर चला गया। पीछे-पीछे मदन भी दोनों हाथ जोड़ कर नमस्ते करते हुए दफ़्तर के अन्दर आ गया।

"क्या हाल है?" ब्लॉक विकास अधिकारी ने मदन को बिना नाम पूछे चेहरे को पहचानते हुए पूछा।

मदन ने जवाब दिया और खड़ा हो गया। तरसेम एक खाली कुर्सी पर बैठ गया। ब्लॉक विकास अधिकारी के कहने पर मदन भी तरसेम के साथ वाली खाली कुर्सी पर बैठ गया।

ब्लॉक विकास अधिकारी साहब एक बड़े मेज़ के पीछे घूमने वाली कुर्सी पर बैठे थे। बायें हाथ की उँगली से अपने सामने पड़ी घण्टी को बजा दिया। एक चपरासी दौड़ कर अन्दर आ गया।

"बाबू मनसा राम को बुलाओ।" ब्लॉक विकास अधिकारी ने चपरासी की ओर देख कर उसको बोला।

"जी साहब अभी बुलाता हूँ।" बोलते हुए चपरासी कमरे के दरवाज़े से बाहर निकल गया।

चन्द मिनटों में पचास-पचपन साल का पेट निकला हुआ एक आदमी, नज़रों वाली ऐनक पहने ब्लॉक विकास अधिकारी साहब के कमरे में आया।

"मनसा राम कल जो पक्का घर बनाने के लिए कच्चे घर वालों को रुपये के चेक बाँटे हैं उनमें इसका नाम नहीं हैं। फ़ाइल देखकर बताना इसका नाम क्यों नहीं है।" ब्लॉक विकास अधिकारी साहब ने उसी आदमी को मदन की तरफ़ इशारा करते हुए कहा।

''अभी देख कर बताता हूँ जनाब।" बाबू मनसा राम ने ब्लॉक विकास अधिकारी साहब को जवाब देते हुए कहा और मदन के पास आकर पूछने लगा, ''आपका नाम क्या है?''

मदन ने जवाब में कहा, "मेरा नाम मदन है, जी।"

"आपके पिता का नाम और किस गाँव में रहते हो?" बाबू मनसा राम ने मदन से अपने दो सवाल इकट्ठे ही कर दिये।

मदन का जवाब पाते ही मनसा राम वापस चला गया। पन्द्रह-बीस मिनटों के बाद बाबू मनसा राम दोबारा ब्लॉक विकास अधिकारी साहब के कमरे में वापस आया और मेज़ के सामने खड़ा हो गया। ब्लॉक विकास अधिकारी साहब किसी और से बात कर रहे थे। और बात ख़त्म होते ही बाबू मनसा राम की ओर देखने लगे।

"इसका बी. पी. एल. नम्बर नहीं है।" बाबू मनसा राम ने ब्लॉक विकास अधिकारी साहब को मदन को चेक न मिलने का कारण बताया।

"तुम्हारा बी. पी. एल. राशन कार्ड है?" ब्लॉक विकास अधिकारी ने मदन की ओर देखते हुए सवाल किया।

"नहीं।" मदन ने मन्द आवाज़ में अपनी गर्दन को हिलाते हुए कहा। मदन को अभी भी यह समझ नहीं आयी थी कि इसका क्या मतलब है और क्या इससे उसको चेक मिलेगा या नहीं मिलेगा।

"इसको बी. पी. एल. नम्बर नहीं मिला है। जिसको भी बी. पी. एल. नम्बर नहीं मिला है, उसको इस योजना में पक्का कमरे का घर बनाने के लिए रुपये का चेक नहीं मिल सकता।" ब्लॉक विकास अधिकारी साहब जल्दी ही बात ख़त्म करते हुए मदन और तरमेस की तरफ़ देखने लगे जैसे उसने उनके लिए कोई बहुत बड़ा काम कर दिया हो।

बस वही बात हो गयी जिसका मदन को डर था। मदन का चेहरा क्षणों में मुरझा गया। मदन पर चुप्पी छा गयी।

मदन की तरफ़ से तरसेम ने ब्लॉक विकास अधिकारी को प्रार्थना करते हुए कहा, ''यह तो सत्य है कि मदन गरीब हैं। एक पुरानी झोंपड़ी में रहते हैं। गरीबी रेखा से नीचे जीवन व्यतीत कर रहे हैं। अगर इसको गरीबी रेखा से नीचे होने का प्रमाण पत्र नहीं भी मिला है तो क्या और कोई तरीका या कारण है जिससे इनको इस योजना में पक्का कमरे का घर बनाने के लिए रुपयों का चेक मिल सके।''

"कोई सच में गरीब हो या न हो, गरीबी की रेखा से नीचे के प्रमाण नम्बर के बिना इस योजना में पक्का कमरे का घर बनाने के लिए रुपयों का चेक नहीं मिल सकता।" ब्लॉक विकास अधिकारी ने एक बार फिर से साधारण आवाज़ में दोहराया।

दस-पन्द्रह मिनट और बातचीत करने के बाद तरसेम समझ गया कि ब्लॉक विकास अधिकारी से अधिक बातचीत करने का कोई लाभ नहीं है। तरसेम ने निर्णय लिया कि उनको वापस चले जाना चाहिए।

"आपका बहुत-बहुत धन्यवाद।" तरसेम ने कुर्सी से उठ कर ब्लॉक विकास अधिकारी की ओर देखकर कहा और कमरे से बाहर निकलने लगा।

"धन्यवाद।" ब्लॉक विकास अधिकारी ने दूसरी तरफ़ से बाबू मनसा राम की तरफ़ मुँह मोड़ते हुए कहा।

तरसेम ब्लॉक विकास अधिकारी के दफ़्तर से बाहर आ गया। मदन ने भी उठ कर दोनों हाथ जोड़ कर ब्लॉक विकास अधिकारी को नमस्ते किया और तरसेम के पीछे दफ़्तर के कमरे से बाहर निकल आया। तीन-चार लम्बे क़दम चलकर तरसेम के बराबर पहुँचते हुए मदन पूछने लगा—"यह बी. पी. एल. नम्बर क्या है?"

बी. पी. एल. (BPL) अर्थात् 'बिलो पावर्टी लाइन', यह एक अँग्रेज़ी अक्षर है। इसका मतलब है गरीबी की रेखा से नीचे जीवन व्यतीत करने वाले लोग। भारत सरकार ने गरीबी रेखा के नीचे रहने वाले लोगों यानि अति गरीब परिवारों की अलग से गणना की हुई है। हर एक गरीबी रेखा से नीचे रहने वाले परिवार को एक नम्बर दिया है जिसको बी. पी. एल. नम्बर कहते हैं इसी नम्बर से इन परिवारों का बी. पी. एल. राशन कार्ड बनता है।

यह बात करते-करते मदन और तरसेम दोनों बाज़ार में आ चुके थे। तरसेम को इस समय तक दोपहर के खाने की भूख भी लग चुकी थी। सामने रामपाल खजूरिया की चाय की दुकान के पास पहुँचते हुए तरसेम ने मदन से कहा, "चलो एक-एक कप चाय पी लेते हैं और वहीं बैठ कर बाकी बातें भी कर लेंगे।"

मदन को भी भूख महसूस हो रही थी पर इतनी अधिक भी नहीं क्योंकि आज सुबह वह पराँठे खाकर आया था। मदन ने गर्दन हिला कर ही हाँ में हाँ मिलाई। तब तक दोनों रामपाल खजूरिया की चाय की दुकान के द्वार पर पहुँच चुके थे।

दोनों दुकान के अन्दर आकर दायीं तरफ़ दीवार के साथ पड़ी कुर्सियों में आमने-सामने बैठ गये। दोनों के बीच में एक मैली-सी मेज़ पड़ी थी जिस पर एक जूठा चाय का कप भी पड़ा हुआ था।

दुकान के द्वार पर ही बायीं तरफ़ चाय बनाने का काउंटर था। जिस पर मिट्टी के तेल से चलने वाले स्टोव यानि चूल्हा पर सिलवर की पानी से भरी हुई केतली सुबह से लेकर शाम को दुकान बन्द करने तक स्टोव के ऊपर चढ़ी रहती थी। काउंटर के पीछे खड़े होकर रामपाल खजूरिया चाय बनाता है और रामपाल ने दायीं तरफ़ दीवार के साथ लकड़ी के फट्टे लगा कर अलमारी की तरह बनाया है। जिस पर मर्तबानों में डाल कर मट्ठियाँ, कचौरियाँ आदि चाय के साथ खाने वाला सामान रखा है। एक खाने में सिगरेट और माचिसें भी रखी थीं। इस अलमारी के नीचे तीन-चार सोडे की बोतलों के करेट भी पड़े थे। यह शायद पिछली गर्मियों के बचे हुए हैं और अगली गर्मियों में काम आयेंगे।

सर्दियों के मौसम में मक्खियाँ तो आमतौर पर नहीं होती हैं पर यहाँ चाय की दुकान पर मीठा और मीठी चाय के इधर-उधर गिरने के कारण थोड़ी बहुत मक्खियाँ हैं ही।

दोनों ग्राहकों को देखकर रामपाल खजूरिया काउंटर के नीचे से एक मैला-सा गीला कपड़ा एक हाथ में लेकर तरसेम और मदन के पास आ गया। मेज़ के पास खड़े होकर आगे की तरफ़ झुककर मेज़ पर पड़ा जूठा कप उठाया और दूसरे हाथ से कपड़े से मेज़ पर गिरी चाय वगैरा को साफ़ कर दिया।

"दो कप चाय और दो मट्ठियाँ।" तरसेम ने इसी बीच रामपाल को अपने

लिए कह दिया।

रामपाल खजूरिया जूठा चाय का कप हाथ में लिए वापस काउंटर पर चाय बनाने के लिए चला।

तरसेम ने भी अपनी अधूरी बात को फिर से शुरू किया—"मैं कह रहा था कि भारत सरकार ने गरीबी से नीचे रहने वाले गरीब परिवारों की जन-गणना करवायी है। हर एक गरीबी की रेखा से नीचे रहने वाले परिवार को एक नम्बर ज़ारी किया है। इसी नम्बर से ज़्यादा गरीब परिवारों को बी. पी. एल. राशन कार्ड भी दिया हुआ है। इन राशन कार्डों पर ज़्यादा सस्ता राशन मिलता है क्योंकि इसके मूल्य का कुछ हिस्सा सरकार स्वयं ही भुगतान करती है। जैसे साधारण राशन कार्ड पर महीने में एक बार राशन मिलता है उसी तरह महीने में एक बार बी. पी. एल. राशन कार्ड पर भी ज़्यादा राशन मिलता है।"

मदन मन ही मन में सोचते हुए कहने लगा मैं तो कभी एक हफ्ते का राशन भी इकट्ठा नहीं ले सका। बी. पी. एल. राशन कार्ड पर चाहे कितना भी सस्ता राशन क्यों न हो मैं कहाँ से एक महीने का राशन इकट्ठा ख़रीद सकूँगा।

शायद इसीलिए जब मदन के गाँव में दूसरे कुछ लोगों के बी. पी. एल. राशन कार्ड बने थे और मदन का बी. पी. एल. राशन कार्ड नहीं बना था तो मदन ने इस विषय पर कभी किसी से कोई बात तक नहीं की थी कि उसका बी. पी. एल. राशन कार्ड नहीं बना है। मदन को क्या मालूम था कि बी. पी. एल. राशन कार्ड इतना महत्त्वपूर्ण होता है। मदन ने तो न कभी सुना था और न ही कभी सोचा था कि सरकार कभी अति गरीब परिवारों की गणना करती है और इस गणना पर इन अति गरीब परिवारों के लिए योजना भी बनाती है। मदन को इसके बारे में कुछ मालूम नहीं था कि सरकार कब और कैसे बी. पी. एल. गणना करती है और न ही उसने कभी इसको जानने की ज़रूरत समझी थी।

मदन ने तो कहीं एक बार सुना था कि राशन डिपो पर एक अलग किस्म का बी. पी. एल. कार्ड मिल रहा है। इस राशन कार्ड पर ज़्यादा सस्ता राशन मिलेगा। इससे ज़्यादा मदन ने न तो कुछ सुना था और न ही इससे ज़्यादा उसको कुछ याद है।

आज मदन को मालूम पड़ा कि बी. पी. एल. सूची में उसका नाम नहीं होने से उसका ज़िन्दगी का सबसे बड़ा सपना पूरा होने से छूट रहा है।

"क्या अभी मेरा बी. पी. एल. राशन कार्ड बन सकता है?" मदन ने गहरी सोच में एक विकल्प सुझाते हुए तरसेम से पूछा।

तरसेम का परिवार भी चन्द साल पहले तक गरीबी की रेखा से नीचे जीवन बिता रहा था। तरसेम की सरकारी नौकरी लगने के बाद ही उनकी आर्थिक हालत सुधरी थी। इसलिए गरीबी की रेखा से नीचे रहने वाले जीवन की कठिनाइयों का

उसे आज भी बराबर एहसास था।

मदन का सवाल सुनकर तरसेम समझ रहा था कि मदन पक्के कमरों का घर बनाने वाली योजना का रुपयों का चेक पाने के लिए हर एक मुमकिन कोशिश करना चाहता है। शायद इसलिए वह मदन के हर एक सवाल को न सिर्फ़ सवाल समझ रहा था बल्कि मदन के हर एक सवाल के पीछे छुपे हुए उसके जज़्बात और उसकी बेबसी को भी महसूस कर रहा था। इसलिए तरसेम बहुत सोच समझ कर जवाब देने की कोशिश कर रहा था ताकि किसी बात पर मदन को और ज़्यादा ठेस न लगे।

चाय के दो कप प्लेटों में रखे हुए रामपाल खजूरिया अपने दोनों हाथों में लिए आ गया। एक तरसेम के आगे और दूसरा मदन के आगे मेज़ पर रख दिया। चाय रखने की क्रिया में मेज़ पर बैठी मक्खियाँ उड़ीं और चन्द क्षणों में फिर इधर-उधर मेज़ पर बैठ गयीं। रामपाल खजूरिया वापस मुड़ गया और अगले ही पल एक प्याले में खाने के लिए दो मट्ठियाँ लेकर आ गया और प्लेट दोनों के बीच में मेज़ पर रख दी।

तरसेम ने मदन को चाय पीने के लिए कहते हुए अपने आगे पड़ा हुआ कप उठाया और भाप छोड़ती हुई गर्म चाय का घूँट लिया।

मदन तरसेम की ओर लगातार देखते हुए अपने सवाल के जवाब का इन्तज़ार कर रहा था क्योंकि यह उसके लिए रोशनी की किरण साबित हो सकती थी।

तरसेम ने चाय का कप वापस मेज़ पर पड़ी प्लेट में रखते हुए मदन का इन्तज़ार ख़त्म करते हुए कहा, "बी. पी. एल. राशन कार्ड हर दिन नहीं बनाया जा सकता। लगभग चार साल पहले भारत सरकार के आदेश पर बी. पी. एल. जनगणना करवाई गयी थी। जिससे सारे भारत में गरीबी की रेखा से नीचे जीवन व्यतीत करने वाले परिवारों की गणना करके एक सूची तैयार की गयी थी। यह बी. पी. एल. जनगणना भी सरकारी अधिकारियों/कर्मचारियों ने ही की थी। इसके लिए हमारे गाँव में भी कुछ सरकारी अधिकारी-कर्मचारी आये थे। इन्होंने ही हमारे गाँव में रहने वाले अति गरीब परिवारों के नाम लिखे थे।"

तरसेम की यह बातें सुनकर मदन को बड़ी हैरानी हुई कि उसको तो इस बात का कुछ पता ही नहीं कि उसके गाँव में भी यह सब हुआ था।

मदन चार साल पहले की बातें याद करने की कोशिश करता है। दिमाग़ पर पूरा दबाव डालने के बाद कहता है मैंने तो कभी अपने गाँव में ऐसे नाम लिखते नहीं देखा है और अगर गाँव में कोई ऐसा नाम लिखने वाला आया भी हो तो यह कैसे हो सकता है कि मुझे कोई गरीब न समझे। मेरे पास न कोई ज़मीन है, न कोई विरासत है, न कोई सरकारी नौकरी। चार छोटे-छोटे बच्चे हैं और न कोई पक्का घर है, एक झोंपड़ी में रहते हैं। प्रतिदिन की मेहनत मज़दूरी से घर में शाम का चूल्हा जलता है। वीरूमल या दूसरे जिनको पक्का कमरे का घर बनाने वाली योजना में

रुपयों के चेक मिले हैं वह सब तो मुझसे बेहतर हैं। गाँव का पुरोहित रामकिशन तो किसी भी ढंग से मुझसे गरीब नहीं है। उसके पास तो पहले से पक्का मकान का घर भी है। मन्दिर का सारा चढ़ावा भी वही लेता है।

जज़्बात से भरी मदन के दिल से निकलती यह बातें तरसेम के दिल को छू जाती हैं। तरसेम भी थोड़ा मायूस हो जाता है।

तरसेम दायाँ हाथ आगे बढ़ा कर कप की ओर इशारा करते हुए मदन को चाय पीने की याद करवाता है। मदन चाय का पहला घूँट लेने के लिए अपने दायें हाथ से कप को उठाकर सीधा होठों के पास लेकर पी लेता है। तरसेम मट्ठियों वाली प्याली भी हाथ से सरका कर मदन के आगे करता है। मदन बायें हाथ से एक मट्ठी भी उठा लेता है। मदन मट्ठी को दाँतों के नीचे रख कर काट कर एक टुकड़ा मुँह से लेकर चबाने लगा और उस पर चाय का एक घूँट और भी ले लिया। लेकिन मदन का सारा ध्यान तरसेम का जवाब सुनने के इन्तज़ार में था।

तरसेम भी चाहता है कि मदन को उसका पक्का घर बनाने के लिए चेक मिलना चाहिए। तरसेम के पास मदन के सवालों का कोई जवाब नहीं था। मदन को तो वे सब बातें समझानी पड़ेंगी जो वह खुद पढ़-लिखने के बाद बेहतर समझता है। तरसेम यूनिवर्सिटी की पढ़ाई करने के बाद सरकार का निज़ाम और सामाजिक व्यवस्था को अच्छी तरह समझता है। कैसे आज भी हमारे समाज में अभी भी लोगों की सोच पूरी तरह से लोकतान्त्रिक नहीं है। कैसे आज भी हम जाति के आधार पर निर्णय लेते हैं। हमारी यह बुराइयाँ हमारे सरकारी या जन हित के निर्णय को भी प्रभावित करती हैं। इसके अलावा राजनीति भी इतने नीचे स्तर पर आ चुकी है कि सरकार की जो भी योजनाएँ बनती हैं वह तो देश के सब नागरिकों के लिए एक समान होती हैं पर राजनीतिक पार्टियाँ खास तौर पर सत्ता में पार्टी तो इन योजनाओं को ऐसे तोड़-मरोड़ कर ज़मीन पर लाती हैं कि अपनी पार्टी के कार्यकर्ताओं को लाभ पहुँचे, अपने पार्टी को मत देने वालों को लाभ पहुँचे। और यह सामाजिक बुराइयाँ हमारी सरकार की प्रणाली को कैसे प्रभावित करती हैं। आख़िर प्रशासनिक भेद-भाव कैसे देश की उत्तम और बड़ी से बड़ी योजना को असफल कर देता है। लेकिन इन सब बातों से तो मदन बिल्कुल अनभिज्ञ है। वह तो इन सब बुराइयों से अनजान है।

तरसेम आख़िर मदन को उसके सवालों के जवाब देने की कोशिश करने लगा। "जब बी. पी. एल. की जनगणना करने के लिए कर्मचारी एवं अधिकारी हमारे गाँव में आये थे तो वह सब सरपंच गुलचैन सिंह के घर में ही आकर बैठे थे। वहीं पर बैठकर उन्होंने गाँव के सभी गरीबी की रेखा से नीचे रहने वाले परिवारों के नाम के फार्म भरे थे। वीरूमल तो गरीबी रेखा से नीचे जीवन व्यतीत कर ही रहा है और दूसरा वह सरपंच गुलचैन सिंह के घर में और खेतों में काम भी करता है। वीरूमल

तो कोई भी काम सरपंच गुलचैन सिंह को पूछे बिना नहीं करता। यहाँ तक कि एक साल पहले लोकसभा के जो चुनाव हुए थे वीरूमल ने तो अपना मत भी सरपंच गुलचैन सिंह के कहने पर दिया था।''

यह कह कर तरसेम थोड़ी देर के लिए रुक गया। मट्ठी को दाँतों से एक टुकड़ा तोड़ कर चबाने लगा और ऊपर से एक घूँट चाय का भी भर लिया।

मदन टिकटिकी लगाकर तरसेम के चेहरे की ओर देखे जा रहा था और तरसेम की आगे की बात का इन्तज़ार कर रहा था।

''सुमन वर्मा तो कैलाश वर्मा की पत्नी है। चाहे वह पढ़ी-लिखी भी है। उनका पक्का घर भी है। आप तो जानते ही हो कि वह तो शादी के चन्द दिनों के बाद विधवा हो गयी थी। उस पर तो कोई आपत्ति नहीं दिखाता है।'' तरसेम ने बात को आगे बढ़ाते हुए कहा।

मदन ने फिर पूछा, ''रामकिशन का नाम गरीबी की रेखा से नीचे रहने वाले परिवारों की सूची में कैसे आ गया?''

तरसेम ने एक बार फिर से मदन को चाय और हाथ में पकड़ी हुई मट्ठी की याद दिलाई और खाने के लिए कहा। तरसेम खुद भी मट्ठी को दाँतों से काट कर मुँह में चबाने लगा और साथ में चाय का घूँट पी लिया। तरसेम मट्ठी खाते हुए चाय भी पीते जा रहा था और साथ में लगातार मदन को भी एक अध्यापक की भाँति विस्तार से समझाए जा रहा था। ''पुरोहित रामकिशन तो पूरे गाँव का पुरोहित है। सरपंच-पंच और सारे ज़मींदार-जैलदार हर फ़सल पर पहले उसके लिए हिस्सा निकालते हैं और बाद में बाकी का अनाज घर लेकर जाते हैं। पुरोहित रामकिशन अपनी ज़रूरत के अनुसार कुछ अनाज घर में रखता है और बाकी का हर साल दुकान पर बेच देता है। अमावस्या, एकादशी अन्य त्योहारों पर भी गाँव के लोग मन्दिर में चढ़ावा चढ़ाते हैं जो सब आख़िर पुरोहित रामकिशन को ही मिलता है। इसी तरह जो भी पहली चीज़ होती है वह तो पुरोहित रामकिशन को ही दी जाती है और फिर यह कैसे हो सकता है कि सरकार की तरफ़ से गाँव में कोई चीज़ मिले और पुरोहित रामकिशन का नाम उसमें न हो। पुरोहित रामकिशन का नाम इसमें सबसे पहले होना होता है।''

इतनी बातें करने तक दोनों की चाय ख़त्म हो गयी थी। दोनों ने ही अब अपने चाय के खाली कप मेज़ पर प्लेटों में रख दिये। दोनों ही अब वहाँ और नहीं बैठना चाहते थे इसलिए उठकर मेज़ और कुर्सी के बीच की तंग जगह से बाहर निकल कर दुकान के द्वार की ओर आने लगे। तरसेम रामपाल खजूरिया के पास आकर खड़ा हो गया। अपनी पतलून की जेब में हाथ डाल कर रुपयों का नोट निकाल कर रामपाल खजूरिया के हाथ में थमा दिया। मदन भी तरसेम के पीछे दूकान के

अन्दर ही रुका था।

रामपाल खजूरिया ने नोट अपने रुपयों के गल्ले में डाल लिया और हिसाब करके बाकी पैसे वहीं से निकाल कर तरसेम को वापस दे दिये।

तरसेम बाकी रुपये लेकर जेब में डालते हुए चाय की दुकान से बाहर निकलने लगा। उसके पीछे मदन भी रामपाल खजूरिया की चाय की दुकान से बाहर निकल आया। अब वह दोनों बाज़ार में देसू शाह की दुकान की तरफ़ चलने लगे।

''फीमू और बलदेव का नाम गरीबी की रेखा से नीचे रहने वाले परिवारों की सूची में इसलिए नहीं आया क्योंकि इन्होंने सरपंच गुलचैन सिंह के कहने पर भी पिछले चुनावों में मत दूसरे उम्मीदवार को दिया है।'' तरसेम ने अपनी बात को आगे बढ़ाते हुए मदन को समझाने वाले भाव से कहा।

तरसेम की यह सब बातें सुनकर मदन की रुचि और भी बढ़ गयी। यह सब बातें तो वह स्वयं भी देखता था पर इन बातों के यह नतीजे होते हैं यह उसको पहली बार समझ आ रहा था।

चूँकि वह दोनों देसू शाह की दुकान पर पहुँच चौंतरा चढ़ रहे थे इसलिए उनको अपनी यह बात यहीं रोकनी पड़ी। दोनों सीढ़ियाँ चढ़कर दुकान पर पहुँच गये।

हमेशा की तरह मदन ने सिर को आगे की तरफ़ झुकाते हुए नमस्ते किया। तरसेम ने भी दोनों हाथ जोड़ कर देसू शाह को नमस्ते किया।

''नमस्ते मास्टर जी, क्या हाल है? आजकल कहाँ नौकरी है? लगता है आज आप छुट्टी पर हैं?'' देसू शाह ने तरसेम को अपनी दुकान पर देखते हुए कहा।

तरसेम ने जवाब दिया और दोनों देसू शाह के सामने लगे बेंच पर बैठ गये।

मदन ने अपने लिए आटा-राशन और अन्य चीज़ें लीं और जेब से पैसे निकाल कर दिये। बाकी रुपये वापस किये और देसू शाह को नमस्ते करके दुकान से निकलने लगे।

''मास्टर जी बैठो, चाय मँगवाते हैं।'' देसू शाह ने दुकान से बाहर निकलते हुए तरसेम और मदन को कहा।

''बहुत-बहुत शुक्रिया शाह जी। अभी जल्दी है शाह जी, अगली बार पी लेंगे।'' तरसेम ने दुकान से बाहर निकलते हुए थोड़ा रुक कर कहा।

तरसेम जानता था कि देसू शाह की दुकान पर जब भी कोई ग्राहक कभी-कभार आये, चाहे वह जितनी भी देर बैठा रहे पर जाते समय देसू शाह चाय पिलाने के लिए ज़रूर पूछता था। पर अभी तक उसने देसू शाह को कभी किसी को चाय पिलाते नहीं देखा था।

तरसेम देसू शाह की दुकान की दो छोटी-छोटी सीढ़ियाँ उतर कर बाज़ार में पहुँच गया। पीछे-पीछे मदन भी बाज़ार की सड़क पर आ गया।

इस समय बाद दोपहर हो चुकी थी। सूरज भी सिर से नीचे उतरना शुरू कर रहा था। दिन के तापमान में इस समय सबसे कम सर्दी थी।

मदन को बाज़ार में और कोई काम नहीं था और न ही तरसेम को। दोनों अब अपने गाँव की ओर चलने लगे। चार-पाँच क़दम चलने के बाद दोनों एक-दूसरे के बराबर चल रहे थे।

तरसेम ने गर्दन बायें तरफ़ मोड़कर अपने बायें चलते मदन के चेहरे पर एक नज़र डाली। मदन पहले से ही तरसेम की ओर देख रहा था। मदन के चेहरे पर गहरे विचारों के भाव उभर रहे थे। मदन की आँखें सपाट रूप से पूछ रही थीं कि आगे क्या हुआ।

मदन के मुँह से कोई शब्द निकलने से पहले ही तरसेम ने इधर से बात फिर से शुरू कर दी, "मैं कह रहा था कि फीमू और बलदेव ने पिछले चुनावों में सरपंच गुलचैन सिंह के कहने पर मतदान नहीं किया था इसीलिए सरपंच ने उनका नाम गरीबी रेखा से नीचे रहने वाले परिवारों की सूची में नहीं आने दिया।"

यह सब अपने गाँव में सरपंच और लोगों की बातें सुनने के बाद, मदन के मन में बार-बार एक ही प्रश्न उठ रहा था कि यह सब बातें तो हमारे गाँव की हैं। सरपंच, पुरोहित, फीमू, बलदेव वगैरा तो सब हमारे गाँव के लोग हैं। इनका गरीबी की रेखा से नीचे रहने वाले परिवारों की सूची बनाने में क्या महत्त्व है? इनका उस सूची में क्या काम है?

तरसेम की बात ख़त्म होते ही मदन ने प्रश्न कर दिया—"आप ही के कहने के अनुसार गरीबी रेखा से नीचे रहने वाले परिवारों की सूची तो सरकारी कर्मचारी तैयार करते हैं। वह तो किसी राजनीतिक पार्टी के नहीं होते हैं। क्या वह सब को एक समान नहीं समझते? क्या वह सब को बिना भेद-भाव की नज़र से नहीं देखते?" यह सवाल करते-करते मदन एक बार फिर भावुक होकर चुप हो गया।

तरसेम ने जवाब देने से पहले मदन के चेहरे पर नज़र डाली और देखा कि वह अब उसकी ओर नहीं देख रहा था। वह सीधा सामने की तरफ़ देख रहा था।

मदन का चेहरा बहुत भावुक हुआ दिख रहा था। आँखें सामने चलने वाले रास्ते की ओर देख रही थीं। तरसेम समझ गया कि अब मदन को उसकी बातों में कोई रुचि नहीं है। वह तो अपने विचारों और भावों के बहाव में बहता चला जा रहा था। तरसेम ने तो दो-तीन बार मदन के चेहरे की ओर देखा पर उसने मदन को अपने विचारों में खोये हुए देख उसको भंग करना उचित नहीं समझा। इसलिए यह चुपचाप मदन के साथ-साथ अपने गाँव की ओर क़दम बढ़ाता रहा।

मदन मुँह से चुप था पर अपने विचारों में सवाल कर रहा था—"जो सरकार का अधिकारी हमारे गाँव में गरीबी की रेखा से नीचे रहने वाले परिवारों की सूची बनाने

आया था, अगर वह सच में हमारी गली में आया होता, अगर वह हमारे घर को भी देखने आता, मेरी सरकण्डे से बनी झोंपड़ी को भी देखा होता, मेरे घर में मेरे परिवार और छोटे-छोटे बच्चों को झोंपड़ी में रहते देखा होता। क्या वह सरकारी अधिकारी मेरे परिवार का नाम गरीबी रेखा से नीचे रहने वालों की सूची में नहीं रखता?''

मदन मन ही मन सोच रहा था कि क्या सरकारी अधिकारी को मालूम होगा कि उसके द्वारा गरीबी की रेखा से नीचे रहने वाले परिवारों की सूची में एक नाम नहीं लिखने से आज छह सदस्यों के परिवार को ज़िन्दगी की कितनी ज़रूरी चीज़ों से वंचित होना पड़ रहा है? अगर आज उस सरकारी अधिकारी को यह पता चल भी जाये तो क्या वह मेरी ज़िन्दगी का यह नुक़सान भर पायेगा।

मदन का चेहरा पढ़ कर तरसेम समझ रहा था कि इस समय मदन के दिल पर कितना बोझ है। इस समय वह कितनी पीड़ा से गुज़र रहा है। तरसेम भी इसी तरह के हालातों में ज़िन्दगी में बहुत बार गुज़र चुका था। वह मदन की बेबसी को ख़ूब समझ रहा था। लेकिन उसकी मदद करने में बिल्कुल बेबस था। तरसेम सोच रहा था—''मैं कैसे इतनी सारी चीज़ें इसको एक ही पल में समझा दूँ।

इधर मदन अपने विचारों में सरकारी अधिकारियों को कोसने के बाद सोचने लगा कि क्या सब अधिकारी ऐसे ही होते हैं? वह स्वयं भी तो अपने बच्चों को पढ़ा रहा है। वह भी तो अपने बच्चों को पढ़ा-लिखा कर सरकार का बड़ा अधिकारी बनाना चाहता है।

चलते-चलते दोनों अपने गाँव में पहुँच चुके थे। आज मदन को तो पता ही नहीं चला था कि कब वह अपने विचारों में डूबते तैरते हुए अपने गाँव के उस चौराहे तक पहुँच गये। यहाँ उसे पता नहीं चला कि तरसेम ने कब उसे अपने घर आने के लिए कहा।

''नहीं! नहीं!!'' मदन के मुँह से अचानक आवाज़ निकली और हैरानगी भरी नज़रों से देखने लगा।

मदन तो अपने विचारों में अपने आपको ही जवाब दे रहा था कि क्या उसके बच्चे भी बड़े होकर पढ़-लिखकर ऐसे ही सरकारी अधिकारी बनेंगे जैसे उसके गाँव में गरीबी की रेखा के नीचे रहने वाले परिवारों की सूची तैयार करने आये थे।

9

समय बीतता गया। मदन को विश्वास होने लगा कि उसकी ज़िन्दगी में शायद सरकार की किसी योजना नीति का लाभ होने वाला नहीं है। कभी-कभी यह भी सोचता कि शायद उसकी किस्मत ही ऐसी है। अपने पिछले जन्म में उसने बुरे कर्म किये हैं। इसीलिए भगवान उसको ऐसा ही रखना चाहते हैं। यह सब कुछ अपने भाग्य में मानने के साथ-साथ उसके दिल में यह इच्छा हमेशा बराबर बनी रहती कि उसके बच्चे भी पढ़-ि‍खकर सरकारी नौकरी करें। यह सपना उसे सच होने वाला भी लगता था। इससे वह माली हालत को सुधरते भी देखता था। यही उसके लिए उत्तम रास्ता था।

मदन सीखे हुए धार्मिक और सामाजिक संस्कारों और धारणाओं को पूरा मानता है। यह सब उसके पिछले जन्मों का हिसाब पूरा हो रहा है और इसीलिए उसको अभी गरीब ही रहना है। इसके साथ-साथ अपने सामने तरसेम की ज़िन्दगी देखकर उसको इस बात पर भी पूरा भरोसा बनता है कि अगर वह स्वयं भी तरसेम की तरह पढ़-लिख गया होता तो आज वह भी कोई अच्छा काम कर रहा होता। उसके भी आर्थिक हालात सुधर गये होते और आज वह इतना गरीब नहीं होता। इसीलिए अगर आज भी उसके बच्चे पढ़-लिख जायें तो वह भी इस गरीबी के दल-दल से ज़रूर बाहर निकल जायेंगे।

लगभग पाँच महीने गुज़र जाने के बाद जून के महीने में एक दिन शाम को कान्ता और मदन रसोई में बैठे हुए थे। अभी सूर्य अस्त नहीं हुआ था। मदन के बच्चे दूसरे बच्चों के साथ बाहर गली में खेल रहे थे। छोटा बेटा लोकू रसोई में उनके साथ बैठा हुआ था। कान्ता जलते हुए चूल्हे पर रखे पतीले में चावल बना रही थी। उसने अपने दुपट्टे के किनारे से पकड़ कर पतीले का ढक्कन उतार कर नीचे रखा और कलछी से उबलते हुए चावल हिलाने लगी। चावल हिलाने के बाद कलछी चूल्हे की एक तरफ़ बनाये पचोले में ज़मीन पर उलटी रख दी।

"बहुत दिनों से मेरे मन में आ रहा था कि जो भी आप दिहाड़ी लगा कर या मछली पकड़ कर कमा लाते हो उससे मुश्किल से हमारा एक दिन चलता है।

बच्चे भी अब बड़े हो गये हैं। वह भी पूरे एक-एक आदमी का खाना खाते हैं। क्यों न इस बार हम भी दो-चार कनाल धान एक-चौथाई हिस्से पर उगा लें।" मदन की तरफ़ देखकर कान्ता ने अपना प्रस्ताव रखा और चूल्हे में लकड़ी आगे करने लगी।

मदन बड़े ध्यानपूर्वक कान्ता की ओर देखने लगा। "इससे दो-तीन बोरियाँ धान हमारे हिस्से में आ जायेंगे। लोकू भी अब बड़ा हो गया है मुझे भी अब ज़्यादा मुश्किल नहीं आयेगी।" यह कहकर कान्ता पास बैठे लोकू की तरफ़ देखने लगी।

मदन ने भी लोकू की तरफ़ देखा और कान्ता के सुझाव पर विचार करने लगा।

"बात तो तुम ठीक कह रही हो। इतने धान अगर हमारे हिस्से में आ जायें तो हमारा तो लगभग साल भर के लिए चावल का ख़र्चा बच जायेगा।" मदन ने कान्ता के सुझाव पर सोच कर कहा और फिर चिन्ता भी जताने लगा—"यह इतना आसान भी नहीं है। अगर हम दोनों भी धान लगाने लगेंगे तो रोज़ाना की रोटी कहाँ से आयेगी?"

मदन ने फिर इस मुश्किल का भी हल निकाला। अपने गाँव के जमीत राज से बात की जो खुद भी एक-चौथाई हिस्से पर अपने गाँव में ही कुछ खेती वाली ज़मीन पर धान लगाता था। मदन के परिवार ने जमीत राज के परिवार से मिल कर कुछ थोड़ी-सी ज़मीन पर धान लगा दिये। इसमें कमल और कमलेश भी साथ जाकर कुछ न कुछ हाथ बाँटते। फ़सल कटने पर मदन के हिस्से में लगभग डेढ़ बोरी के करीब धान आ गये। इसमें कान्ता की मेहनत का बहुत ज़्यादा योगदान था।

इस तरह लगभग आधे साल से ज़्यादा तक का चावल उन्होंने अपने घर का ही खा लिया। इससे रोज़ाना की मज़दूरी की कमाई का जो हिस्सा बचता वह बच्चों की दूसरी ज़रूरतों में इस्तेमाल होने लगा।

इसी तरह कान्ता और मदन ने अगले साल भी कुछ धान लगाये। इस बार भी कमल और कमलेश उनके साथ नन्हे हाथों से हाथ बँटाते। इस बार फ़सल कटने पर उनके हिस्से में लगभग दो बोरियाँ धान आ गये यानि पहले साल से थोड़े ज़्यादा।

इसी तरह साल बीतते गये। मदन के बच्चे भी बड़े होते गये। हर साल वह भी धान के दिनों उनके साथ कन्धे से कन्धा मिलाकर काम करते।

इसके साथ-साथ बाकी का साल भर मदन मज़दूरी भी करता रहता। नदी से मछलियाँ भी पकड़ता और अपने परिवार का गुज़ारा किसी न किसी तरह से चलाता रहता।

मदन के सारे बच्चे स्कूल जाने लगे। हालाँकि मदन खुद अपने सब बच्चों को स्कूल भेजना चाहता था पर सब बच्चों को स्कूल दाखिल करवाने तरसेम ही गया था। बच्चों के स्कूल में भर्ती करने की फीस भी उसी ने अपने पास से भरी थी।

हर बार बच्चों को अगली क्लास में आने पर स्कूल में दाखिले की फीस भी तरसेम ही अपने पास से देता था। बच्चों के स्कूल की किताबें गाँव के बच्चों के क्लास पास करने पर उनसे आधे मोल पर लेकर देता था।

सरकारी स्कूल में मदन के बच्चे कमल, कमलेश, उषा और लोकू पढ़ाई में अच्छे चलने लगे। कमल तो अपनी क्लास के इम्तिहानों में पहले पाँच में रहता था।

इसी तरह से आठ साल बीत गये। कमल आठवीं क्लास में पहुँच गया। आठवीं क्लास के इम्तिहान पूरे क्षेत्र के स्कूलों के इकट्ठे नगर के स्कूल में होते थे। कमल ने भी आठवीं स्कूल की परीक्षा पूरे क्षेत्र के स्कूलों के बच्चों के साथ नगर के स्कूल में ही जा कर दी।

नतीजे मिलने वाले दिन कमल भी अपने पुराने कपड़े पहने हुए दूसरे बच्चों के साथ नगर की ओर निकल पड़ा। रास्ते में कमल सोच रहा था कि अगर वह पास हो गया तो वह भी इसी स्कूल में पढ़ने आया करेगा। लेकिन यह बड़े स्कूल हैं। इसमें तो सारे क्षेत्र के बच्चों ने परीक्षा दी है। परीक्षा लेने वाले भी दूसरे स्कूलों के अध्यापक हैं। दूसरे स्कूलों के बच्चे पढ़ाई में कितने होशियार हैं यह भी उसको मालूम नहीं है। इस बार आठवीं क्लास की परीक्षा में उसने लिखा तो अच्छा है पर नतीजा क्या होगा कुछ नहीं कह सकता।

आसमान में बादल छाये हुए थे। सूरज बिल्कुल बादलों के पीछे छुपा हुआ था।

यही सोच-विचार करते हुए कमल नगर के स्कूल में पहुँच गया। स्कूल आठवीं क्लास के बच्चों से भरा हुआ था क्योंकि बहुत सारे स्कूलों के बच्चे आज नतीजा सुनने के लिए आये हुए थे।

आठवीं क्लास के नतीजे बोलने के लिए एक अध्यापक स्कूल की सुबह की प्रार्थना करने वाली स्टेज पर आकर खड़े हो गये थे। तब तक आसमान पर बादल और भी घने हो गये थे। सूरज का ताप ज़मीन पर बिल्कुल सुहावना जैसा था।

सारे छात्र स्टेज के सामने मैदान में ज़मीन पर बैठ गये और अपना-अपना नतीजा सुनने का इन्तज़ार करने लगे।

स्टेज पर अध्यापक ने आठवीं क्लास का पूरा नतीजा बोलने से पहले इस क्लास में पहले, दूसरे और तीसरे स्थान पर आने वाले छात्रों के नाम सुनाने का ऐलान किया।

"राजेन्द्र कुमार सबसे अधिक अंक लेकर आठवीं कक्षा में प्रथम स्थान पर आया है।"—अध्यापक ने ऐलान किया और साथ ही कहा, "राजेन्द्र कुमार खड़े होकर स्टेज पर आ जायें।"

राजेन्द्र कुमार जो नगर में ही एक स्कूल में नियुक्त अध्यापक का बेटा था छात्रों की भीड़ में से उठा और स्टेज पर आने लगा।

वहाँ पर खड़े सब अध्यापक और छात्र तालियाँ बजाने लगे।

राजेन्द्र कुमार आकर स्टेज पर खड़ा हो गया। वह पहले से ही नगर के स्कूल में पढ़ता था और हमेशा प्रथम आता था।

"प्रकाश चन्द्र दूसरे स्थान पर आया है। प्रकाश चन्द्र भी स्टेज पर आ जाये।" अध्यापक ने दूसरा ऐलान किया।

प्रकाश चन्द्र यहाँ के हस्पताल में लगे एक कम्पाउंडर बंसी लाल का बेटा है। लोग आमतौर पर प्रकाश चन्द्र के पिता को डाक्टर बंसी ही कहते हैं। प्रकाश चन्द्र भी नगर के स्कूल का छात्र है। वह भी छात्रों की भीड़ से निकल कर स्टेज पर आ गया।

एक बार दोबारा तालियाँ बजीं और बन्द हो गयीं। अध्यापक ने राजेन्द्र की तरह पीठ भी थपथपाई।

"कमल देव तीसरे स्थान पर। कमल देव भी स्टेज पर आ जाये।" अध्यापक ने तीसरा ऐलान किया।

कुछ क्षण गुज़र जाने पर भी जब कोई छात्र नहीं उठा तो अध्यापक ने एक बार फिर कमल देव का नाम दोहराया और साथ में स्कूल का नाम भी बोला।

कमल को विश्वास ही नहीं हो रहा था कि यह उसी का नाम स्टेज से बोला जा रहा है या किसी और छात्र का। तभी स्टेज के पास ही स्टेज के नीचे खड़े कमल के स्कूल के अध्यापक ने छात्रों की भीड़ में नज़र दौड़ा कर कमल को ढूँढ़ ही लिया और कमल की ओर देखते हुए ज़ोर से आवाज़ लगायी—"कमल देव आप भी खड़े हो जाओ।"

स्टेज पर खड़े अध्यापक और सब छात्र इन्तज़ार कर रहे थे कि यह कमल कौन है? वह यहाँ पर है भी या नहीं।

कमल के स्कूल के अध्यापक की आवाज़ सुन कर सब छात्र और अध्यापक जहाँ कमल बैठा था भीड़ में उस ओर देखने लगे।

कमल को अभी भी यह विश्वास नहीं हो रहा था कि आठवीं क्लास में पूरे क्षेत्र में वह ही तीसरे स्थान पर आया है। अपने स्कूल के अध्यापक के कहने के बाद हिम्मत जुटा कर वह भी स्टेज पर आने लगा।

एक बार फिर से तालियाँ बजने लगीं और सब छात्र कमल को स्टेज तक जाते देखने लगे।

स्टेज पर चढ़ने के बाद अध्यापक ने कमल की पीठ भी थपथपाई। कमल को जब तक अपनी कामयाबी पर विश्वास हुआ उसकी ख़ुशी का ठिकाना न रहा। वह ज़मीन पर खड़े-खड़े ही हवा में उड़ने लगा।

इसके बाद स्टेज पर खड़े अध्यापक ने आठवीं क्लास के एक बच्चे का नाम बोल कर उसका नतीजा सुनाया। आठवीं क्लास से पास हुए सब छात्रों को बोल कर अगली नौवीं क्लास में दाखिले की तिथि भी सुनाई। इसके बाद सारे अध्यापक

स्कूल के मुख्य अध्यापक के कमरे में चले गये और छात्र ख़ुशी-ख़ुशी अपने-अपने घरों को चले गये।

नगर के बच्चों में चर्चा होने लगी कि यह कमल देव कौन है? किस स्कूल का छात्र है जो तीसरे स्थान पर आया है। उधर नगर के स्कूल के अध्यापकों में भी चर्चा हुई कि मछली पकड़ कर बेचने वाले और दिहाड़ी पर मज़दूरी करने वाले मदन का बेटा क्षेत्र के सारे स्कूलों के आठवीं कक्षा के छात्रों में तीसरे स्थान पर आया है।

कमल के मन में ख़ुशी फूट-फूट कर बाहर आना चाहती थी। अपनी इस कामयाबी की ख़ुशी को किसी से बात करके बताना चाहता था। पर अभी वह किसको बताता क्योंकि उसका कोई करीबी मित्र या घर का कोई भी आदमी उसके पास और उसके साथ नहीं था। उसके घर के सब लोग भी घर में थे।

सुबह जब कमल नगर में आया था तो उस समय उसने निर्णय लिया था कि नतीजे सुनने के बाद वह सारे बाज़ार में घूमेगा। लेकिन अब ख़ुशियों की जो ज्वाला उसके अन्दर फट रही थी वह किसको दिखाए।

कमल ने तेज़ क़दमों से बाज़ार का चक्कर लगाया और घर की ओर जाने वाले रास्ते पर चलने लगा।

कमल बाज़ार में चक्कर लगाकर अभी घर की तरफ़ जाने वाले रास्ते पर चढ़ा ही था कि आसमान पर बादल ज़्यादा घने हो गये और देखते ही देखते पानी भी बरसने लगा। घर के आधे से भी कम रास्ते में कमल बारिश के पानी में पूरा भीग गया। लेकिन बारिश अभी बराबर बरस रही थी।

अपने गाँव में पहुँचने तक बहुत ज़्यादा पानी बरस चुका था। कच्चे रास्ते में बने गड्ढों में बारिश का पानी भर गया था जिससे कच्चे रास्ते पर चल पाना कठिन हो रहा था। लेकिन अपने गाँव की गलियों से जोकि सरपंच गुलचैन सिंह के घर के सामने से गुज़रती है उस पर चलने से बहुत अच्छा लग रहा था। क्योंकि यहाँ की गलियाँ सीमेंट से पक्की बनाई गयी थीं। यहाँ पर बारिश का पानी गली से नालियों में बह जाता था। यहाँ पर तो बारिश के पानी से गली बिल्कुल साफ़ हो जाती थी मानो गली को पानी ने खुद साफ़ कर दिया हो।

जैसे ही वहाँ से गुज़र कर अपने घर के पास पहुँचा तो गली में वही कीचड़-गारा है। बारिश के पानी के बाद गली में गाँव के लोगों के जानवर गुज़रने से नीचे गली में कीचड़-गारा ऐसा हो गया है मानो जैसे किसी ने घर में मिट्टी की लिपाई करने के लिए मिट्टी की घानी बनायी हो।

नाइलॉन की पुरानी चप्पल पहने कमल कीचड़-गारा में पैर रखते हुए अपने घर तक पहुँचा। घर के बाहर गली तक तो ख़ूब कीचड़-गारा था। अपने आँगन में कुछ राहत थी। शायद इसलिए कि वहाँ पर गीली मिट्टी पर जानवरों के चलने की

क्रिया नहीं हुई थी।

घर के अन्दर भी लगभग आँगन जैसा ही हाल था क्योंकि पुरानी झोंपड़ी में पानी टपक गया था। अन्दर गीलेपन में रत्ती भर फ़र्क़ नहीं था। नीचे अन्दर की कच्ची मिट्टी का फ़र्श पानी से भरा हुआ था। यहाँ-वहाँ पानी टपक रहा था। कुछ जगहों पर तो घर के गिलास पतीला जैसे बर्तन रखे हुए थे ताकि पानी इन्हीं में पड़े। पर ज़्यादा ज़ोर की और ज़्यादा समय तक बारिश होने के कारण झोंपड़ी के अन्दर बहुत जगह पानी टपक पड़ा था। इसलिए सब जगह पर बर्तन नहीं रखे जा सके। कच्चे फ़र्श पर यहाँ-वहाँ पानी टपक रहा था, कुछ जगह पर तो गुच्चियाँ पड़ गयी थीं। सारे बिस्तर इकट्ठे करके झोंपड़ी के अन्दर उस जगह एक चारपाई पर रखे थे जहाँ पर कम पानी टपक रहा था। फिर भी ऊपर से थोड़ा-थोड़ा पानी टपकने से आधे-आधे बिस्तर भीग गये थे।

आँगन से निकलने के बाद कमल आगे की ओर झुका और झोंपड़ी के अन्दर आ गया। अन्दर उसकी किताबों पर भी पानी टपक गया है। किताबों वाला खाकी रंग का कपड़े का झोला भी गीला हो गया है। कमल ने आगे बढ़कर किताबों वाला थैला झोंपड़ी की दरम्यान वाली गिड्डी से उतारा और खोल कर देखा तो पता चला कि अन्दर किताबें और कापियाँ भी गीली हो गयी हैं। इन किताबों को कमल ने पूरा साल सँभाल कर रखा था कि आठवीं क्लास में पास होने के बाद किसी और बच्चे को आधे मोल पर बेच दूँगा। कमल ने एक कापी को खोल कर देखा तो कापी के पन्ने पर लिखाई की नीली स्याही बिखर गयी थी।

किताबों के थैले को वहीं छोड़कर कमल बाहर आया, टोयाले के पीछे पड़ी जलाने वाली लकड़ियों में से तीन-चार लकड़ियाँ उठाईं और अन्दर आकर उनको उस चारपाई के नीचे बिछा दिया जिस पर बिस्तर पड़े हुए थे। इन लकड़ियों पर अपनी वे किताबें जो गीली हो गयी थीं उनको खोलकर बिखेर कर रख दिया।

इसके बाद उसने अपने गीले कपड़े उतार कर अपनी पुरानी स्कूल की वर्दी अलगनी से उतार कर पहन ली। उतारे हुए गीले कपड़ों को बाहर टोयाले के पीछे पड़ी जलाने वाली लकड़ियों पर सुखाने के लिए फैला दिया। शाम होने के कारण रात का खाना बनाने का समय भी हो गया। चूल्हे में जलाने वाली लकड़ियाँ जो टोयाले के पीछे पड़ी थीं वह सब तो बारिश में गीली हो गयी थीं। बारिश शुरू होने के समय कान्ता ने जल्दी से कुछ लकड़ियाँ उठा कर अन्दर रखी थीं। अन्दर वाली लकड़ियाँ भी लगभग गीली ही हो गयी थीं।

बारिश अपना काम करके थम गयी थी। आसमान में अभी भी बादल थे, पर आहिस्ता-आहिस्ता छँट रहे थे। एक-दो जगह पर तो आमसान की झलक भी दिखाई दे रही थी।

कान्ता झोंपड़ी से बाहर निकलकर टोयाले में आ गयी। ढके हुए चूल्हे के पास बैठकर उसके ऊपर दी हुई दो-तीन बोरियों की तह को हटाने लगी। गीली बोरियों के टुकड़े हटाने के बाद नीचे एक पुरानी टूटी हुई शहतूत की टहनियों से बनी हुई टोकरी को भी बायें हाथ से उठाकर हटाया। नीचे ज़मीन पर बने मिट्टी के चूल्हे के कंगूरे बिल्कुल सूखे थे। पर बाकी ज़मीन का हिस्सा गीला हो चुका था। चूल्हे के अन्दर राख में भी थोड़ा पानी जा चुका था।

कान्ता उठकर अन्दर रखी हुई लकड़ियाँ ले आयी और कुछ गीली लकड़ियाँ टोयाले के पीछे से भी ले आयी और चूल्हे में आग जलाने की कार्यवाही में व्यस्त हो गयी।

बारिश थम जाने के बाद लोकू और उषा गली में दूसरे बच्चों की आवाज़ सुनकर उनके साथ खेलने चले गये।

कमल और कमलेश घर में ही अपनी माँ के साथ उसकी मदद करने में लग गये। काफी देर तक कोशिश करने के बाद भी चूल्हे में आग नहीं जल रही थी।

उधर सूरज अस्त होने के बाद रोशनी कम होना शुरू हो गयी और अँधेरा होना शुरू हो गया।

"पापा आ गये पापा आ गये।"—आँगन में खेल रहा लोकू गली की ओर देखकर चिल्लाने लगा। उषा भी लोकू के साथ आँगन में खेल रही थी।

कान्ता, कमल और कमलेश ने भी गर्दन उठाकर टोयाले से बाहर गली की तरफ़ देखा।

"लो, यह भी अच्छा किया।" कान्ता के मुँह से आवाज़ निकल आयी। कान्ता के चेहरे पर ख़ुशी की लहर दौड़ गयी जैसे कि वह मुसीबत में हो और उसको उस मुसीबत का हल मिल गया हो।

मदन जहाँ दिहाड़ी पर मज़दूरी का काम कर रहा था, वहाँ घर का निर्माण हो रहा था। वहाँ लकड़ी के दरवाज़े, खिड़कियाँ लगाने का काम भी चल रहा था। शाम को काम ख़त्म होने पर मदन वहाँ पर पड़ी छोटी-छोटी लकड़ियों के टुकड़े जमा कर के एक छोटी सी गठरी बना कर घर साथ ले आया। यह सब सूखी देवदार की लकड़ियों के टुकड़े थे। अब कान्ता आसानी से आग जला लेगी। उसको अपनी परेशानी का हल मिल गया था।

लोकू और उषा अपने पापा मदन के साथ होकर टोयाले में आ गये। मदन ने सूखी लकड़ियों के टुकड़ों की गठरी और आटा-राशन आदि का लिफ़ाफ़ा ज़मीन पर रखा और खुद भी पाँव के बल ज़मीन पर बैठ गया।

अब इन सूखी देवदार की लकड़ियों के साथ चूल्हे में आग भी जलने लगी। गीली लकड़ियाँ भी आग की लपटों में सूख कर जलने लगीं।

मदन के घर में चूँकि सुबह और शाम दो ही बार खाना बनता था इसलिए

वह रात का खाना शाम को जल्दी ही खा लेते थे। लेकिन आज तो शाम को खाना खाने वाले समय तक आग ही नहीं जली थी। कान्ता ने तो रात का खाना बनाने की कार्यवाही अभी शुरू ही की थी।

"अब हमारा कमल भी नगर के स्कूल में जाना शुरू कर देगा। कमल के लिए स्कूल की वर्दी और किताबें भी लेनी होंगी।" चूल्हे के पास बैठे मदन ने कमल की तरफ़ देखते हुए कहा।

मदन जानता था कि आज कमल का आठवीं कक्षा का नतीजा आना था। कमल के अपने गाँव के स्कूल के अध्यापक हमेशा उसकी तारीफ़ करते थे इसलिए मदन को विश्वास था कि कमल ने तो आठवीं में पास हो ही जाना है। शायद इसीलिए मदन ने कमल को उसके नतीजे के बारे में पूछा ही नहीं। मदन ने तो चिन्ता दिखाई कि कमल की स्कूल की ज़रूरतें कैसे पूरी करनी हैं।

कान्ता के चेहरे पर भी थोड़ी-सी चिन्ता भरी भावना की एक लहर सी आयी पर उसके दिल में कहीं एक सुरक्षा भी बनी पड़ी थी। पहले की तरह तरसेम घर छुट्टी आयेगा और उसको स्कूल में फीस भर कर दाखिला भी करवा देगा और नौवीं जमात की किताबें और वर्दी वगैरा भी ले देगा।

"मेरी दो दिन की मज़दूरी अभी मिलनी है। इस बार मैं खुद कमल को किताबें ले दूँगा।" मदन ने बड़े गर्व से कहा। इस बात पर कान्ता भी गर्व महसूस करने लगी कि कमल की पढ़ाई पर वह खुद अपने पैसे ख़र्च करेंगे।

दोपहर के बाद कमल को अब फिर याद आया कि वह तो ज़ोन के सब स्कूलों में आठवीं जमात में तीसरे स्थान पर आया है। उसको तो स्कूल में सब के सामने स्टेज पर बुलाकर उसकी पीठ थपथपाई गयी थी। बाकी सब लोग तालियाँ बजा रहे थे। उसके साथ तो सिर्फ़ दो ही और बच्चे थे जिनको स्टेज पर बुलाया था। वह तो इस खुशी को अपने घर में सब को बताना चाहता था। पर इस समय तक घर में इतनी कठिनाइयों का सामना करते हुए उसे अपनी कामयाबी बिल्कुल फीकी सी लगने लगी। कमल के मन में विचार आने लगे कि यह कौन सी इतनी बड़ी कामयाबी है। इससे कौन सी उनके टोयाले के ऊपर छत पड़ जायेगी। इससे कौन सी उसकी किताबें या स्कूल की वर्दी मिलने वाली है। अब तक तो वैसे भी वह खुशी मन में कहाँ बची थी।

अब तो चूल्हे में आग जलाना तथा खाना तैयार करना ही कई गुना बड़ी समस्या के ऊपर कामयाबी थी। कमल के मन की वह खुशी तो अब लगभग अगली समस्याओं के बोझ के नीचे दब चुकी थी; इसलिए कमल ने स्कूल की कोई भी बात नहीं छेड़ी और न ही इस बात को सुनाने का कोई महत्त्व समझा कि वह सारे क्षेत्र के स्कूलों में आठवीं जमात की परीक्षा में तीसरे स्थान पर आया है।

उनके साथ टोयाले में बैठी कमलेश उठी और अन्दर जाकर चारपाई पर लेट गयी। खाना बनने से पहले ही कमलेश को नींद आ रही थी। लोकू और उषा पहले से ही झोंपड़ी के अन्दर जाकर चारपाई पर लेटे थे और बाद में वहीं पर सो गये थे।

"कमलेश पुत्र सोना नहीं, खाना तैयार हो गया है।" मदन ने टोयाले से उठकर अन्दर जाती हुई कमलेश से कहा।

कमलेश बिना कोई जवाब दिये नींद के बढ़ते नशे में अन्दर चली गयी। लेकिन कमलेश को मालूम था कि खाना तैयार होने में अभी कम से कम भी आधा घण्टा और लगना है और नींद उसको दबा रही थी।

कमल उम्र में ज़्यादा बड़ा नहीं था पर घर के हालात और घर की मजबूरियों एवं जिम्मेदारियों ने उम्र से पहले समझदार बना दिया था। वह चुपचाप बैठ कर बनते हुए खाने का इन्तज़ार कर रहा था। मन ही मन में अपने विचारों में अपने अगले नगर के स्कूल में जाने के तरीके भी बना रहा था।

मौसम बिल्कुल साफ़ हो चुका था। आसमान में बादलों की कोई एक लकीर बाकी नहीं बची हुई थी।

खाना तैयार हो गया। एक थाली में खाना परोसकर सबसे पहले कमल को दिया।

"कमलेश, उषा, लोकू उठ जाओ। खाना तैयार है। आकर खा लो।" कान्ता खाना थालियों में परोसते हुए बच्चों को आवाज़ें लगा रही थी।

कमल को इस समय तक बहुत भूख लग चुकी थी। वह तो खाने का इन्तज़ार ही कर रहा था। थाली मिलते ही उसने खाना शुरू कर दिया।

कान्ता की तीन-चार आवाज़ें लगाने पर भी जब अन्दर सोए हुए बच्चे नहीं जागे तो मदन खुद उठ कर झोंपड़ी के अन्दर जाकर तीनों बच्चों को जगाने लगा।

"कमलेश बेटे उठो। खाना लगा दिया है। उठ कर खाना खाकर सो जाना, भूखे नहीं सोना है।" मदन ने कमलेश का एक बाजू पकड़ कर बैठाते हुए कहा।

पर बच्चों को इस समय खाना कहाँ, उनको तो नींद प्यारी थी। कमलेश को ढीला छोड़ते ही वह दोबारा लटक कर चारपाई पर लेट गयी।

मदन ने उषा को भी इसी तरह जगाने की कोशिश की पर वह भी चारपाई पर लुढ़क कर सो गयी।

अब मदन सबसे छोटे बच्चे लोकू को अपनी दोनों बाँहों की गोद में उठा कर बाहर लाया और कान्ता की गोद में दे दिया। लोकू के सोए-सोए ही कान्ता ने उसके मुँह में रोटी के कुछ छोटे-छोटे टुकड़े डाले और थोड़ा-सा खाना खिला दिया।

इसी तरह अन्दर बारी-बारी से कमलेश और उषा को भी सोए-सोए मुँह में खाने के टुकड़े डाल कर मदन ने थोड़ा-सा खाना उनको भी खिला दिया।

मदन ख़ुश था कि इतनी बारिश होने के बावजूद भी उनके घर में खाना पक

गया है। चाहे सोने के बाद देर रात को ही सही पर कुछ न कुछ तो बच्चों को भी खिला दिया है। कम से कम उस दिन की तरह तो नहीं हुआ जिस दिन देर रात तक तेज़ आँधी चल रही थी और खाना पक ही नहीं पाया था। कान्ता और मदन ने खुद भी खाना खा लिया।

खाना खाने के बाद कान्ता ने सिर्फ़ बच्चों की चारपाई पर कुछ सूखी बची खिंध डाल दी। अपने लिए बाण की चारपाइयों पर डालने के लिए कोई खिंध सूखी नहीं बची थी।

नियमित तिथि पर कमल अपने पिता से रुपये लेकर नगर के स्कूल में दाखिल हो गया। अगले दिन से उनको स्कूल में पढ़ाई के लिए भी बुला लिया।

कमल के आठवीं कक्षा में पास हो जाने के नतीजे के बाद तरसेम अभी एक भी बार घर में छुट्टी पर नहीं आया था। इसलिए अभी कमल के पास नौवीं जमात की किताबें भी नहीं थीं।

नगर के स्कूल में नौवीं कक्षा में दाखिला लेने के अगले दिन कमल फिर स्कूल चला गया। नवीं कक्षा के तीन सैक्शन ए, बी और सी बने थे। सी सैक्शन में कमल का पहला ही रोल नम्बर आया था।

पहले दिन भी बहुत सारे बच्चे अपनी-अपनी कक्षा के कमरों में डेस्कों पर बैठे हुए थे तो कक्षा का अध्यापक सब बच्चों से नाम, उनके पहले स्कूल का नाम वगैरा पूछ कर जान-पहचान कर रहा था। कमल के बारे में कक्षा के अध्यापक ने पहले से सुना था कि वह बहुत गरीब और मछली पकड़ने वाले और मज़दूरी करने वाले का बेटा है पर पढ़ाई में बहुत अच्छा है। इस बार क्षेत्र के सब स्कूलों में आठवीं में तीसरे स्थान पर आया है। आठवीं में पहले-दूसरे स्थान पर आने वाले छात्रों ने तो साल में आठ-दस महीने ट्यूशन पढ़कर इतने अंक हासिल किये हैं पर इस बच्चे ने तो गरीबी में रह कर भी बिना ट्यूशन या किसी की मदद के सारे ज़ोन में तीसरा स्थान हासिल किया है।

पहले दिन की जान पहचान के दौरान ही कक्षा के अध्यापक बनारसी दास ने कमल से पूछा, "कमल तुमने नौवीं कक्षा की किताबें ले ली हैं या नहीं?"

[illegible]त में आज पहला ही दिन है। कक्षा के अध्यापक बनारसी दास जी से भी आज पहली ही मुलाकात है। अध्यापक का यह प्रश्न सुनते ही कमल थोड़ा चौंक गया। कमल को विचार आया कि आज तो पढ़ाई का पहला दिन है। नौवीं कक्षा शुरू हो चुकी है और उसके पास तो किताबें होनी चाहिए थीं। कमल अपने डेस्क से उठकर खड़े होते हुए विचार कर रहा था कि उसको सच बोल देना चाहिए या नहीं।

"जी नहीं।" कमल ने हिम्मत जुटा कर सच बोला और अध्यापक बनारसी दास जी के आदेश का इन्तज़ार करने लगा।

"अच्छा किया बेटे! इस बार नौवीं जमात की किताबें मैं तुम्हें क्षेत्र में तीसरे स्थान पर आने के कारण इनाम में दूँगा।" अध्यापक बनारसी दास जी ने ख़ुश होते हुए कहा।

यह सुनते ही कमल की न सिर्फ़ जान में जान आ गयी बल्कि मुफ्त किताबें मिलने के लिए दिल में एक ख़ुशी की लहर भी दौड़ गयी।

चपरासी को बाज़ार भेज कर अध्यापक बनारसी दास जी ने किताबों की दुकान से नौवीं जमात की नयी किताबों और कापियों का एक पूरा सैट मँगवा लिया। घर जाने से पहले कमल को यह नयी कापियों का सैट मिल गया।

कमल को पहली बार नयी किताबें मिल रही थीं। आज तो उसकी ख़ुशी का कोई ठिकाना ही नहीं रहा। घर जाकर कमल ने पहले दिन की स्कूल की नयी किताबों वाली बात बताई तो कान्ता और मदन दोनों को लगा जैसे उनके सिर से एक बहुत बड़ा बोझ हल्का हो गया हो।

"कमल के यह मास्टर जी भी ज़रूर कोई देवता का रूप होंगे।" कान्ता ने अपने छलकते हुए भावों को बाहर निकालते हुए कहा।

"भगवान ने जब कुछ देना हो तो वह ऐसे ही किसी आदमी के वेश में ही देता है।" हमारे कम्बे की किस्मत बड़ी अच्छी है," मदन ने भी कान्ता के विचारों से सहमति जताते हुए कहा।

आज कमल को लगने लगा कि उसने सच में कोई कामयाबी हासिल की है क्योंकि आठवीं में तीसरा स्थान हासिल करने से उसकी किताबों की समस्या हल हो गयी। पर माँ और पापा कहते हैं कि यह भगवान की कृपा हुई है। हो सकता है यह सच हो।

नौवीं जमात की पढ़ाई बराबर शुरू हो गयी। कमल रोज़ स्कूल जाने लगा। तीन-चार दिन के बाद तरसेम भी घर में छुट्टी पर आया। उसी दिन कमल ने तरसेम के घर जाकर उसे आठवीं जमात का नतीजा और किताबों वाली सारी बातें सुनाईं।

"हाँ मैं अध्यापक बनारसी दास को जानता हूँ। वह बहुत अच्छे इन्सान हैं। उनका एक ही बेटा है। वह उसको पढ़ाना-लिखाना चाहते थे पर ऐसा नहीं हुआ। वह आवारा हो गया। वह सिगरेट-बीड़ी भी पीता था। हर प्रकार का नशा भी करता था। अपने बाप के बिल्कुल विपरीत ही चलता था। मास्टर जी तुम्हें पढ़ने की किताबें देकर तुम में अपना बेटा देख रहे हैं। वह तुम्हें पढ़ा कर अपने बेटे को पढ़ाने वाली ख़ुशी महसूस कर रहे होंगे।" तरसेम ने कमल को बताया। 'यह सत्य नहीं हो सकता है' कमल ध्यान से सुनने के बाद अपने विचारों में सोचने लगा।

अध्यापक बनारसी दास जी कमल की मेहनत और पढ़ाई देख कर हर दिन उससे ज़्यादा प्यार करने लगा।

लगभग दो साल गुज़र गये। कमल नौवीं पास करके दसवीं कक्षा में आ चुका था। दसवीं कक्षा के इम्तिहान भी आने वाले थे।

अध्यापक बनारसी दास जी एक दिन कमल के लिए बहुत चिंतित हो उठे कि दसवीं कक्षा में बहुत पढ़ाई करनी पड़ती है क्योंकि बोर्ड की कक्षा में बैठना पड़ता है। उन्होंने कमल को अपने पास बुलाया तथा कहा—''कमल दसवीं कक्षा की परीक्षा बोर्ड की परीक्षा होती है। बड़े मुश्किल सवाल पूछे जाते हैं। अब ज़्यादा मेहनत करके पढ़ना। अभी घर में तुम कितने घण्टे पढ़ते हो?''

कमल के लिए यह बहुत मुश्किल सवाल था। स्कूल से घर जाकर उसको किसी न किसी काम में हाथ बँटाना पड़ता था। रात को तो उनके घर में कोई बिजली वगैरा का प्रबन्ध ही नहीं था। मिट्टी के तेल से जो दिया जलता था उसमें भी तो पैसे लगते हैं। वह भी ज़्यादा देर तक कैसे जला सकते थे। मिट्टी का तेल भी बाज़ार से पैसों से लाते थे। असल में कमल जितना भी पढ़ता था वह स्कूल में पढ़ता था। घर जाने के बाद बड़ी हद हो जाये तो स्कूल का बचा हुआ काम कर लेता था।

अब कुछ-न-कुछ जवाब तो देना ही था कमल को—''जी दिन में एक दो घण्टा पढ़ लेता हूँ।'' कमल ने बनारसी दास जी के सामने खड़े होकर जवाब दिया।

''यह कैसे हो सकता है? मुझे मालूम है कि तुम कम से कम पाँच घण्टे तो घर में पढ़ते ही हो पर अब एक दो घण्टा और बढ़ा लेना।'' अध्यापक बनारसी दास ने कमल को नसीहत देते हुए कहा।

''जी हाँ। ऐसा ही करूँगा।'' कमल ने हाँ में हाँ मिलाते हुए कहा।

कुछ देर और बातें करने के बाद नमस्ते कर कमल वहाँ से वापस आ गया।

''अध्यापक बनारसी दास जी ने मेरी बात को सच क्यों नहीं माना। मैं घर जाकर कहाँ इतना पढ़ पाऊँगा। मुझे तो ऐसे ही उनकी हाँ में हाँ मिलानी पड़ गयी थी।'' स्कूल से वापस आते समय कमल सोच रहा था।

स्कूल में छुट्टी हो जाने के बाद दोपहर के अढ़ाई बजे घर पहुँचा। माँ को घर में न पाकर खुद ही खाना थाली में डाल कर खाने लगा। कमलेश अपनी किताबें लेकर पढ़ रही थी। उषा और लोकू भी अपने स्कूल के झोले अपने-अपने सामने रख कर कमलेश के पास ज़मीन के कच्चे फ़र्श पर बैठकर अपने स्कूल की किताबें, कापियाँ लेकर स्कूल का काम कर रहे थे।

''माँ कहाँ गयी है?'' खाना खाने के बाद कमल ने कमलेश से पूछा।

''हमारे स्कूल से आने के बाद माँ दराँती लेकर खाई की तरफ़ सरकण्डा लेने गयी है। कह रही थी पापा तो रोज़ काम पर चले जाते हैं उनको तो समय ही नहीं मिलता। वही थोड़ा-थोड़ा करके झोंपड़ी पर लेयाह चढ़ाने के लिए सरकण्डा इकट्ठा कर लेगी।'' कमलेश ने अपनी पढ़ाई करते-करते जवाब दिया।

कमल को मालूम था कि उनकी झोंपड़ी की हालत बहुत खस्ता हो गयी है। आने वाली बरसात अगर उसी में गुज़ारनी है तो इसकी छत पर कम से कम एक लेयाह तो चढ़ाना ही पड़ेगा। इसलिए माँ अकेले ही खड्ड की तरफ़ सरकण्डा लेने चली गयी है।

बिना किसी दूसरी सोच मन में लाये कमल ने भी द्रेह में फँसाई एक दराँती निकाली और वह भी खाई की ओर चल पड़ा जहाँ से वह सरकण्डा काट कर लाते थे। खाई में माँ के पास पहुँचने के बाद माँ के साथ मिलकर वह भी चुन-चुन कर पका हुआ सरकण्डा काटने लगा। दोनों ने अपना-अपना बोझ उठाने की शक्ति के मुताबिक दो गठरियाँ सरकण्डा काट लिया और बाँध लिया।

अब शाम हो गयी थी। दोनों ने एक-एक गठरी सरकण्डा उठाया और घर की ओर चल पड़े। इसी तरह से बहुत सारे दिन लग गये अपनी झोंपड़ी के ऊपर लेयाह चढ़ाने के लिए सरकण्डा इकट्ठा करने में। इसी बीच चूल्हे में जलाने के लिए खड्ड से झाड़ियों की लकड़ियाँ भी कमल ले आता। कभी-कभी खड्ड में चरने वाले जानवरों के सूखे हुए गोबर के टुकड़े भी इकट्ठे करके बोरी में डाल कर ले आता। यह भी चूल्हे में जलाने के काम में आते हैं।

इसी तरह करते हुए दो साल और गुज़र गये। कान्ता के सिर में सफ़ेद बाल आना शुरू हो गये। मदन के सिर में भी कानों के ऊपर सफ़ेद बाल आना शुरू हो गये। माथे पर झुर्रियाँ बनना भी शुरू हो गयीं।

इन दो सालों में कमल ने दसवीं कक्षा और ग्यारहवीं कक्षा भी पास कर ली। बारहवीं का इम्तिहान भी दे दिया। इसी बीच बारहवीं के कक्षा के बाद इंजीनियरिंग कालेज में दाखिले के लिए फार्म भी भरा और जम्मू शहर जाकर इम्तिहान भी दे दिया।

अब कमल अपने गाँव के होशियार बच्चों को पढ़ा कर अपना जेब ख़र्च भी चला लेता और अपनी फीस और किताबों के लिए भी कुछ रुपये जमा कर लेता था। पर यह सब कमल उसी समय करता जब घर का सारा काम ख़त्म कर लेता।

इम्तिहान ख़त्म होने के बाद जुलाई में मानसून से बरसात का मौसम आने से पहले ही किसानों ने खेतों में धान लगाना शुरू कर लिया था। नहर का पानी खेतों में इस्तेमाल किया जाता। मदन का परिवार भी एक चौथाई हिस्से पर धान लगाने में व्यस्त था। अब तो कमल, कमलेश और उषा बड़े आदमियों की तरह धान लगा लेते। अब मदन के परिवार के हिस्से में इतना धान आ जाता कि साल भर खाने के लिए रख लेते और बाकी को बाज़ार में बेच कर इतने पैसे भी मिल जाते कि सर्दियों में सारा परिवार एक-एक खद्दर के मोटे कपड़े का सूट भी सिला लेता।

जो धान मदन का परिवार लगा रहा था उसको ख़त्म होने में अभी एक-दो दिन का काम बचा था कि शाम को अचानक कमल के ताये की बेटी शम्मी रोती हुई

कमल के घर पर आयी और कहने लगी—"दादा जी पूरे हो गये हैं।"

सरदारी लाल की मौत के बारे में सुनते ही मदन और कान्ता का रोना निकल आया। घर में सारे बच्चे भी रोने लगे। रोते-रोते सारे सरदारी लाल की मौत वाली जगह पर आ गये।

अगले दिन दोपहर में नदी किनारे ले जाकर सरदारी लाल का अन्तिम संस्कार कर दिया गया। आने वाले दस दिन तक रिश्तेदारों को घर में अफ़सोस करने आना था। कान्ता और मदन को भी दसवाँ होने तक वहीं पर रुकना था। यह मदन और उसके परिवार के लिए इत्मिहान की घड़ी बन गयी। मदन के लिए यह बहुत मुश्किल बन गयी कि वह अगर दस दिन तक वहीं बैठेगा, काम नहीं करेगा तो परिवार को खिलायेगा कहाँ से।

कमल का बारहवीं का नतीजा आ गया। वह स्वयं नगर में जाकर अपना नतीजा बोर्ड की बजट में देख कर आया। आज तक इस स्कूल के किसी बच्चे ने प्रथम श्रेणी में बारहवीं कक्षा पास नहीं की थी और कमल अपने स्कूल में आज तक के सभी बच्चों से ज़्यादा अंक प्राप्त करके प्रथम श्रेणी में पास हो गया। इस स्कूल में एक इतिहास बना कर साबित कर दिया कि जम्मू के नगर के एक गाँव में एक गरीब किसान के बेटे ने प्रथम श्रेणी में बारहवीं पास की है।

स्कूल के सारे बच्चों में और अध्यापकों में कमल की चर्चा होने लगी। उधर घर में कमल का परिवार ज़िन्दा रहने के लिए रोज़ाना की रोटी के संकट में से गुज़र रहा था। किसी तरह से यह दस दिन गुज़रे और मदन फिर से काम पर लौट आया। बड़ी मुश्किल से मदन के परिवार ने यह दस दिन बिताए। इन दिनों कमलेश अपने घर का सारा काम सँभालती थी। इस दौड़-धूप में उसको खाँसी और जुकाम की शिकायत होने लगी। इसी तरह से कुछ दिन और गुज़र जाने के बाद अब उसका घर फिर सामान्य ढंग से चलने लगा।

कमल को अपनी कक्षा के दूसरे लड़कों से पता चला कि पाँच दिन के बाद सोमवार को जम्मू के कालेज में दाखिला लेने की अन्तिम तिथि है। कमल ने निर्णय लिया कि वह शनिवार को अन्तिम तिथि से एक दिन पहले ही जम्मू के कालेज में दाखिला ले लेगा।

शनिवार को कमल जम्मू शहर में तीसरी चौथी बार ही जा रहा था कि इससे पहले वह इंजीनियरिंग कालेज के दाखिले के इम्तिहान का फार्म जमा कराने गया था। उसके बाद इसी का इम्तिहान देने के लिए जम्मू शहर गया था।

आज वह घर में बोल कर जा रहा था कि कालेज में दाखिले के बाद वह तरसेम के साथ उसके ससुराल में ही रात को रहेगा। क्योंकि तरसेम की बीवी जो कमल की चाची है, ने उसको बड़े प्यार से अपने मायके आने को कहा था।

दाखिले के लिए कमल जम्मू शहर में कालेज में जा पहुँचा। दाखिले का फार्म लेकर भर भी लिया। कालेज में दूसरे बच्चों से पता चला कि आज शाम पाँच बजे तक इंजीनियरिंग के दाखिले के इम्तिहान का नतीजा भी आ जायेगा। अगर आज देर हो गयी तो सुबह की अख़बार में तो आ ही जायेगा। कमल का यह इम्तिहान भी अच्छा हुआ था। इसलिए वह भी पूरी उम्मीद लगाये हुए था।

अगर मैं दाखिले की फीस अदा कर देता हूँ और उधर इंजीनियरिंग कालेज के लिए भी मेरा चयन हो जाता है तो यह दाखिले की फीस वाली रकम व्यर्थ चली जायेगी। कमल सोचने लगा क्यों न आज मैं यहाँ कालेज का दाखिला रहने दूँ, वैसे भी अन्तिम तिथि में अभी एक दिन बाकी है। यह निर्णय लेकर कमल कालेज से तरसेम के ससुराल में पहुँच गया।

तरसेम का ससुराल कालेज से और बस अड्डा से लगभग एक-डेढ़ किलोमीटर ही दूर था।

कमल ने तरसेम को कालेज की और इंजीनियरिंग कालेज के दाखिले के इम्तिहान के नतीजे की सारी बात सुनाई। तरसेम ने भी कमल के निर्णय को उचित बताया।

आज शाम तक अगर इंजीनियरिंग कालेज के दाखिले के इम्तिहान का नतीजा आ भी जाता है पर कमल को तो पता नहीं चल पायेगा। कमल को तो कम से कम कल सुबह तक की अख़बार का इन्तज़ार करना है।

कमल अपने अन्दर की बैचेनी को दबाकर रात का खाना खाकर सो गया।

अगले दिन सुबह तड़के कमल की नींद खुल गयी। बाहर अभी अँधेरा ही था। घर के सब लोग अभी सोये हुए थे। वह अख़बार के आने तक का इन्तज़ार करने लगा। तभी सुबह की पहली किरण निकलने तक कमल ने फ़ैसला लिया कि यहाँ इन्तज़ार करने से बेहतर है कि वह खुद उठकर बाहर जाये और कहीं से अख़बार ढूँढ़ कर ले आये।

कमल अपने बिस्तर से उठा, आहिस्ता से मुख्य द्वार को खोला ताकि किसी की नींद भंग न हो और बाहर निकल गया। लगभग अगले पन्द्रह मिनट में बस अड्डा पहुँच गया। यहाँ से अलग-अलग जगहों पर बसों द्वारा अख़बार भेजा जाता है। यहाँ एक बड़ी दुकान के बाहर अख़बारों के ढेर लगे हुए थे। कमल ने वहाँ से एक स्थानीय अख़बार लिया और हर पन्ने पर एक ही चीज़ ढूँढ़ने लगा और अख़बार के पन्ने जल्दी-जल्दी पलटने लगा। अख़बार में बीच के एक पन्ने पर इंजीनियरिंग कालेज के दाखिले के इम्तिहान के नतीजे मिल गये।

कमल को अपना नाम ढूँढ़ने में ज़्यादा समय नहीं लगा। उसने चुने हुए नामों की सूची नीचे से पढ़ना शुरू की और तीसरा नाम उसका अपना ही था। अपने नाम को पढ़ते ही कमल के रक्त की रफ़्तार दोगुनी हो गयी। वहाँ खड़े-खड़े ही हवा में

तैरने लगा, उसको लगने लगा कि जैसे उसके पाँव ज़मीन से उठ गये हों। उसके अन्दर का ज्वालामुखी फूटने लगा।

कमल ने अपनी जेब से पैसे निकाल कर दुकानदार को दिये और अख़बार ख़रीद कर वापस लौट गया।

चन्द मिनटों में हाथ में अख़बार लिए कमल वहीं तरसेम के ससुराल में पहुँच गया। मुख्य द्वार से अन्दर पहुँच कर सीधा तरसेम के पास पहुँच गया।

''इंजीनियरिंग कालेज के दाखिले के इम्तिहान का नतीजा आ गया है। मेरा भी चयन हो गया है—यह देखो।''—कमल ने तरसेम के आगे अख़बार बढ़ाते हुए कहा।

तरसेम बिस्तर से उठकर बैठ गया और अख़बार में कमल का नाम खुद भी पढ़कर बहुत ख़ुश हुआ और अपनी पत्नी को आवाज़ देते हुए बोला—''रानी हमारे कमल ने इंजीनियरिंग कालेज के दाखिले का इम्तिहान पास कर लिया है।''

रानी के साथ घर के सब लोगों ने भी सुन लिया। घर के सब लोगों में ख़ुशी की लहर दौड़ गयी। कमल को बधाई देने लगे। तरसेम और रानी को भी बधाई देने लगे।

तरसेम बधाई लेने में गर्व महसूस करने लगा। अब उनके खानदान में भी कोई बड़ा अधिकारी बनेगा। वह भी गर्व से कह सकेंगे कि उनके परिवार का भी कोई इंजीनियर है।

तरसेम की बड़ी बेटी कोमल अभी पाँचवीं कक्षा में ही पढ़ती थी। तरसेम अपने मन में कोमल के लिए भी कुछ ऐसे ही सपने पिरोने लगा कि एक दिन वह भी ऐसे ही कोई बड़ा इम्तिहान पास करेगी और बड़े कालेज-यूनिवर्सिटी में पढ़ाई करेगी।

कमल के अन्दर बेचैनी होने लगी कि कब घर पहुँचू और अपनी माँ को और पापा को बताऊँ। अपने छोटे भाई-बहनों को बताऊँ। कमल के सब्र का पैमाना कम पड़ने लगा।

"कमल नाश्ता कर लो।"—रानी ने कमल के लिए नाश्ता लगाते हुए कहा। कमल ने नाश्ता किया। सबको नमस्ते कह कर वहाँ से निकल कर अपने गाँव को जाने वाली बस में बैठने के लिए एक बार फिर बस अड्डे की तरफ़ चल पड़ा।

तरसेम जानता था कि कमल को श्रीनगर में इंजीनियरिंग कालेज में दाखिला करवाने के लिए काफी ज़्यादा ख़र्च आयेगा जो उसी को देना पड़ेगा। तरसेम रुपये जमा करने की योजना बनाने लगा।

बस अड्डे से बाहर निकलती हुई बस में ही कमल बैठ गया। बस अपनी रफ़्तार से चलने लगी। रास्ते में हर स्टाप पर सवारी चढ़ाने के लिए या सवारी उतारने के लिए रुकती। कमल के मन में आ रहा था कि बस क्यों बार-बार रुक रही है। ड्राइवर इसको और तेज़ क्यों नहीं चलाता ताकि वह जल्दी अपने घर पर पहुँच सके।

गाड़ी अपनी रफ़्तार से चलती हुई दो घण्टे से भी ज़्यादा समय लगाकर नगर में पहुँच गयी। सूरज सिर पर आने को था। लगभग दोपहर होने को थी। बारह बजे से अभी थोड़ा कम ही समय था।

आज रास्ते में आगे पीछे कौन है इस पर कमल का बिल्कुल ध्यान नहीं था। वह तो अपने अन्दर फूटती हुई खुशियों की फुलझड़ियों को अपने परिवार में जाकर बिखेरना चाहता था। पर यह सब तो तब ही सम्भव होगा जब वह अपने घर पर पहुँच जाये। आज वह एक पक्षी की तरह उड़ कर घर पहुँचना चाहता था।

घर में केवल उषा और लोकू थे और कोई भी घर में नहीं था।

भैया आ गये, कमल को घर आते देख लोकू के मुँह से निकल आया। लोकू हालाँकि अब काफ़ी बड़ा हो गया था पर फिर भी घर में सबसे छोटा ही था। कमल को घर आते देख बहुत खुश हो गया। उषा भी कमल को घर आते देख बड़ी खुश हो गयी।

"माँ कहाँ है?" घर में इधर-उधर देखने के बाद कमल ने लोकू और उषा की ओर देखते हुए पूछा।

"माँ, कमलेश दीदी को लेकर नगर में डाक्टर के पास गयी है। पापा तो सुबह से घर में नहीं हैं। वह भी काम पर गये हुए हैं।" उषा के बोलने से पहले ही लोकू बोल पड़ा।

"क्या बात हो गयी है?" कमल ने चिन्ताजनक भाव में दोबारा अपने छोटे भाई-बहन को पूछा। क्योंकि कल सुबह जब वह घर से गया था तब तक तो ठीक ही था। कमलेश को खाँसी और थोड़ा बुख़ार ज़रूर था।

"दीदी को बहुत खाँसी हो रही थी और तेज़ बुख़ार हो गया था।" लोकू फिर उषा से पहले बोल पड़ा।

कमल ने मन में कोई और दूसरा विचार लाये नगर में कमलेश और माँ के पास जाने का फ़ैसला कर लिया।

"आपको मालूम है मैंने इंजीनियरिंग कालेज में दाखिल होने का इम्तिहान पास कर लिया है? उसका नतीजा भी आज के अख़बार में आया हुआ है।" कमल ने वापस जाने से पहले उषा और लोकू को बताया और अख़बार उषा को थमा दिया।

वह दोनों खुशी से उछलने लगे और लोकू तो खुशी से यह भी कहने लगा, "भैया इंजीनियर बन गये।"

"मैं कमलेश और माँ को ले आता हूँ।" कमल ने उषा और लोकू को कहा और स्वयं नगर की ओर चल पड़ा।

उषा नौवीं कक्षा में पढ़ती थी और अँग्रेज़ी भी पढ़ लेती थी। वह भी अपनी कक्षा में हमेशा पहले तीन में आती थी। वह अख़बार का वही वाला पन्ना खोल

कर खुद अपने भाई का नाम ढूँढ़ने लगी।

अभी तक नगर के बाज़ार में अख़बार आ चुका था। नगर में पढ़े-लिखे और दुकानदारों ने अख़बार पढ़ लिया था। यहाँ के स्कूल के बहुत सारे बच्चे इस परीक्षा में बैठे थे पर एक अकेला कमल ही इंजीनियरिंग के लिए चुना गया था। नगर के छात्रों ने पढ़ लिया और बाज़ार के लोगों में इस समय सबसे बड़ा चर्चा का विषय यही था कि कमल मछली पकड़ने वाले और मज़दूरी करने वाले का बेटा इंजीनियर बनने के लिए चुना गया।

स्कूल में लगभग सब छात्र और अध्यापक कमल को जानते थे और चेहरे से भी पहचानते थे। पर नगर के बाज़ार में सब लोग कमल को एक ही दिन में जानना शुरू कर गये थे पर चेहरे से मुश्किल से कोई कमल को पहचानता था।

कमल सरकारी डिस्पेंसरी में पहुँच गया।

बड़े डाक्टर ने बुख़ार वगैरा की गोलियाँ वहीं से दे दीं और बाकी दवाइयाँ बाज़ार से लेने के लिए कहा। कमलेश और कान्ता डिस्पेंसरी से बाहर आ रही थीं। कमलेश का चेहरा बिल्कुल पीला पड़ गया था। आँखें बिल्कुल अन्दर धँस गयी थीं। आँखों के नीचे काले धब्बे साफ़ दिख रहे थे। कमलेश पहले से कम पौष्टिक आहार मिलने से अपनी उम्र और लम्बाई के हिसाब से कम वज़न की थी और दो दिन की बीमारी के बाद तो बिल्कुल ही ऐसे हो गयी थी जैसे दो महीने से बीमार थी।

बाज़ार की तरफ़ से हस्पताल की ओर कमल को आते देखकर कमलेश का हौसला बढ़ गया। उसके चेहरे पर मन्द-सी मुस्कान भी आ गयी।

“माँ कमलेश को क्या हो गया है? एक ही दिन में इतनी कमज़ोर हो गयी है?” कमल ने दोनों के पास पहुँचते ही पूछा।

“कल आधी रात से ही इसको बहुत तेज़ खाँसी हो रही थी और सुबह देखा तो बुख़ार भी बहुत तेज़ हो गया था। सुबह काम-काज ख़त्म करने के बाद इसीलिए इसको डाक्टर को दिखाने ले आयी हूँ।” माँ ने कहा।

“डाक्टर ने क्या कहा, माँ?” कमल ने कमलेश की ओर देखने के बाद पूछा।

“डाक्टर ने कुछ दवाई दे दी है और कुछ दवाइयाँ बाज़ार से लेने के लिए कहा है। बाज़ार से न भी लेंगे तो कोई बात नहीं, ये इसी दवाई से ठीक हो जायेगी।” कान्ता ने हाथ में पकड़ी हुई दवाई की पर्ची और दवाई दिखाते हुए विश्वास जतलाया।

कमल जान गया कि माँ बाज़ार से ख़रीदने वाली दवाई न ख़रीदने के लिए क्यों कह रही है।

“माँ मेरे पास कालेज वाली फीस के रुपये बचे हुए हैं। हम कमलेश की दवाई अभी ख़रीद लेते हैं।” कमल ने कहा।

इस पर कमलेश ने दवाई वाली पर्ची कमल के हाथ में दे दी। अब तक वह दवाइयों की दुकान के सामने भी पहुँच चुके थे। तीनों दवाइयों की दुकान के अन्दर चले गये। कमलेश और कान्ता मेज़ पर बैठ गयीं और कमल पर्ची देकर दवाई लेने का इन्तज़ार करने लगा।

''कमल तो सुपुत्र है। बाप तो बेचारा मछली पकड़ कर या मेहनत मज़दूरी करके गुज़ारा करता है। पर बेटे ने तो स्कूल और पूरे इलाके का नाम रोशन कर दिया है।'' वहीं दुकान पर बैठे एक आदमी ने दवाइयों की दुकान के मालिक से कहा।

उनकी बातों में कमल का नाम और मछलियाँ पकड़ने वाले की बात सुनने पर कमलेश और कान्ता की भी बात सुनने में रुचि बन गयी।

"स्कूल के कितने बच्चों ने यह इम्तिहान दिया था, एक भी सफल नहीं हुआ। अभी तक तो दो साल पहले 'बिहारी आरे वाले' के बेटे ने इंजीनियर बनने वाला इम्तिहान पास किया था। पर वह भी जम्मू के स्कूलों में पढ़ कर और बड़े-बड़े मास्टरों से ट्यूशन पढ़ कर। पर कमल ने तो यहाँ के स्कूल में पढ़कर इंजीनियरिंग का इम्तिहान पास करके तो ना सिर्फ़ स्कूल का बल्कि पूरे इलाके का नाम रोशन कर दिया है।" दवाइयों की दुकान के मालिक ने अपना विचार रखा।

बेंच पर बैठी कमलेश और कान्ता भी अब तक पूरे ध्यान से सुन रही थीं और यह भी समझ गयी थीं कि यह उन्हीं के कमल की बात चल रही है।

कमल का इंजीनियरिंग कालेज में जाने का रास्ता खुल जाने की बात सुनने पर कमलेश के शरीर में ख़ुशी की लहर दौड़ गयी। कुछ क्षणों के लिए उसको अपनी सब बीमारी भूल गयी। बेंच के साथ ही कमलेश कुछ देर के लिए हवा में उड़ने लगी। कमलेश का बीमारी से गमगीन चेहरा भी ख़ुशी से चमकने लगा।

कान्ता भी ख़ुश हुई पर उसको अपने कानों में सुने हुए शब्दों पर विश्वास ही नहीं हो रहा था। कमलेश और कान्ता दोनों कमल को दवाई लेकर पैसे देते हुए पीछे से देख रही थीं।

दवाई हाथ में पकड़े दुकानदार को पैसे देने के बाद घर जाने के लिए कमल पीछे मुड़ा और देखा कि दोनों उसी की ओर देख रही हैं। नज़रें मिलने पर कमलेश के बिना कोई शब्दों के बोलते चेहरे को पढ़ रहा था। "कमल तुम सच में हमारे सुपुत्र हो।"

कमल ने भी अपने चेहरे पर एक मन्द सी मुस्कान लाकर बिना शब्दों के जवाब दे दिया और तीनों दुकान से निकल कर घर की ओर चल पड़े।

कमलेश अभी भी बीच में खाँस रही थी।

"मेरा इंजीनियरिंग कालेज में दाखिले के लिए चयन हो गया है।" कमल ने अपने मुँह से कान्ता को बताया।

कान्ता का चेहरा ख़ुशी से लाल हो गया और थोड़ी देर के लिए वह अपने गले से कुछ बोल ही नहीं पायी। उसकी आँखों में आँसू आ गये, ख़ुशी के आँसू। कुछ पलों के लिए वह ख्वाबों में स्वर्ग से भी सुन्दर कल्पनाओं में चली गयी।

माँ को ख़ुश देखकर कमल भी अत्यन्त ख़ुशी महसूस कर रहा था। आज कमल को ज़िन्दगी में पहली बार अपने आप पर गर्व महसूस हुआ। आज उसने वह कर दिखाया था जो उसके स्कूल में कोई नहीं कर सका।

गाँव पहुँच कर जब वह घर की ओर जा रहे थे तो रास्ते में मिलने वाले सब लोग उनको नज़र उठा कर देख रहे थे। अब तक शायद कमल की कामयाबी की ख़बर उसके गाँव तक भी पहुँच चुकी थी।

मदन दिन में दिहाड़ी लगाकर शाम को पैसे लेकर देसू शाह की दुकान पर आटा-करियाना वगैरा लेने पहुँच गया।

"आओ मदन, कैसे हो? मुबारक हो, तुम्हारे लड़के ने सारे इलाके का नाम रोशन कर दिया है।" दुकान पर पहुँचते ही मदन को देखकर देसू शाह ने कहा।

मदन मुबारक सुनकर हक्का-बक्का रह गया।

"स्कूल से कितने बच्चे इंजीनियरिंग कालेज के दाखिले के लिए इम्तिहान में बैठे थे पर सिर्फ़ तुम्हारे बेटे का ही चयन हुआ है। वह तो हमारा भी बेटा है—बैठ जाओ।" देसू शाह ने अपनी बात पूरी करते हुए कहा।

मदन को देसू शाह की दुकान पर आज पहली बार इतना आदर-सम्मान मिला। मदन बेंच पर बैठ गया। मदन को तो अब ही पता चला कि बेटा इंजीनियरिंग कालेज के दाखिले की परीक्षा में कामयाब हो गया है। उसकी ख़ुशी का ठिकाना नहीं रहा। सारा दिन मज़दूरी का काम करके थके हुए शरीर में जोश और ताकत की नयी लहर सी आ गयी। उसकी सारी थकावट एक ही साँस में ख़त्म हो गयी। अब उसको समझ आया कि बाज़ार में बहुत सारे लोग क्यों उसकी ओर देख रहे थे।

"मदन, इंजीनियर बनने में बहुत ख़र्चा आता है, पर तुम घबराना नहीं। सब ठीक हो जायेगा।" देसू शाह ने चेहरे पर एक बनावटी मुस्कराहट लाकर मदन को कहा।

ख़र्च की बात सुनते ही मदन में जो ख़ुशी की हवा भरी थी एक पंक्चर टायर की तरह निकलने लगी और मदन सोचने लगा, नगर के स्कूल में तो उसे पढ़ा नहीं सकता हूँ और शहर में मैं पढ़ाऊँगा। कहाँ से इतने पैसे लाऊँगा। छोटे बच्चों को भी बड़ी मुश्किल से तरसेम की मदद से स्कूल भेजता हूँ।

मदन घर आने वाले रास्ते में एक ही सवाल पर सोच रहा था कि कमल को

पढ़ाने के लिए पैसे कहाँ से आयेंगे। उसके पास तो कोई ज़मीन-जायदाद भी नहीं जिसको बेच कर रुपये मिल जायें। कान्ता के पास कोई गहने वगैरा नहीं कि उसी को बेच कर पैसे मिल जायें। अगर रुपये न जुड़ पाये तो कहीं उसके बेटे का इंजीनियर बनने का मौक़ा हाथ से न छूट जाये।

नहीं! नहीं!! ऐसा नहीं होना चाहिए।—मदन अपने मन में ही सवाल बनाता और जवाब देता हुआ अपने घर पहुँच गया।

घर में सब लोग मदन का ही इन्तज़ार कर रहे थे। आज उसके राशन का इन्तज़ार नहीं कर रहे थे, बल्कि उसकी ख़ुशी की ख़बर सुनने के लिए कान्ता तो दोपहर से ही कल्पनाओं के महल बना रही थी।

"पापा इन्तज़ार नहीं कर रहे थे! पापा!! भैया इंजीनियर बन गये हैं।" मदन को घर में आते देखकर लोकू ने सबसे पहले कहा।

"भैया इंजीनियर बन नहीं गया, अभी बनने जायेगा।" उषा ने लोकू को टोकते हुए कहा।

घर में कमल को देखकर मदन के चेहरे पर एक मुस्कान आयी पर फिर चली गयी। मदन टोयाले में आकर सबके साथ बैठ गया। कान्ता देखती रह गयी कि मदन को इतनी ख़ुशी क्यों नहीं हुई। वह तीन-चार मिनट टिकटिकी लगा कर मदन की तरफ़ देखती रही और जब लगा कि मदन सच में परेशानी के विचारों में डूबा हुआ है तो पूछने लगी, "क्या बात है? सब ठीक तो है न?"

"हाँ! हाँ!! सब ठीक है।" मदन ने जवाब दिया।

"फिर आप इतने चुप-चुप क्यों हैं? सेहत तो ठीक है या थकावट ज़्यादा हो गयी है?" कान्ता ने फिर पूछ लिया।

कम पौष्टिक आहार खाना और मज़दूरी का काम कर-कर के मदन अपनी उम्र से पहले ही बूढ़ा होना शुरू हो गया था।

"बस अब कमल के दाखिले के लिए रुपयों का जुगाड़ करना है। बहुत रुपये लगेंगे, इसको इंजीनियर बनाने वाली पढ़ाई पर। हमारे पास तो कोई ऐसी चीज़ भी नहीं है जिसको बेच कर अपने कमल को इंजीनियरिंग कालेज में दाखिल करवा दें।" मदन ने कमल की पीठ पर हाथ रख कर कहा। बात करते मदन की बात करने का स्वर एकदम मन्द हो गया और माथे पर चिन्ता की झुर्रियाँ आने लगीं और कहने लगा—"कहीं रुपयों की कमी की वजह से यह मौका हाथ से न छूट जाये।" कहते हुए मदन चुप हो गया।

थोड़ी देर के लिए कान्ता और कमल भी शान्त हो गये। घर में चुप्पी सी छा गयी।

कमल को पहली बार महसूस हुआ कि खाली इम्तिहान पास करने से कुछ नहीं मिलता। दो पल के लिए सिर्फ़ मुबारक मिलती है। मुँह पर तारीफ़ मिलती है इससे

ज़्यादा और कुछ नहीं मिलता। कमल भी अपने पिता की तरह सोच-विचार के समुद्र में तैरने लगा, यहाँ दूर-दूर तक कोई किनारा ही नहीं दिखता।

टोयाले में बैठे सारे घर के सदस्यों में हँसी-खुशी का माहौल गहरी सोच विचार में बदल गया। कान्ता भी अब कमल के दाखिले के लिए रुपयों के बारे में सोचने लगी।

आ-जाकर मदन के पास एक ही सहारा बनता। मदन टोयाले से उठा गली की तरफ़ चला गया। "मैं चाचा छैलो के घर जा रहा हूँ।" जाते हुए मदन ने कहा।

पन्द्रह-बीस मिनट के बाद मदन वापस घर आकर कहने लगा—"तरसेम तो जम्मू शहर गया हुआ है। वह तो मंगलवार को घर वापस आयेगा।"

तरसेम को नौकरी पर लगे अभी ज़्यादा समय नहीं हुआ। उसके पास भी ज़्यादा जमा पूँजी नहीं है। इसके बावजूद तरसेम ने फ़ैसला लिया कि वह बिना उधार दिये कमल की पढ़ाई में जब जहाँ जितनी ज़रूरत हो मदद के लिए सामने आयेगा। क्योंकि तरसेम जानता है कि कमल की पढ़ाई पर ख़र्च करना न सिर्फ़ एक मदद है बल्कि रुपयों का सही उपयोग है। मानव विकास पर ख़र्च ही सबसे उत्तम पूँजी निवेश है और कमल तो उसके अपने खानदान का ही नहीं, बल्कि अपने परिवार का है। इससे भी बढ़कर उसको वह पिछले दस-बारह वर्षों से स्वयं ही पढ़ाते आ रहा था। कमल तो उसको अपने खानदान में अँधेरे में रोशनी की एक किरण दिखता है। यह मौक़ा तो वह हाथ से कभी नहीं जाने देगा। कमल की पढ़ाई में रुपये ख़र्च करना तरसेम ने अपनी ज़िम्मेदारी समझ ली और ज़िम्मेदारी निभाने के लिए अपने वेतन का कुछ हिस्सा भी इसके लिए तय कर लिया।

श्रीनगर में इंजीनियरिंग कालेज में कमल को दाखिल करवाने के लिए तरसेम ने सारी चीज़ों का ध्यान रखा। कमल को दो पतलून-कमीज, स्वेटर आदि ले दिया। एक छोटा रेडियो ले दिया। अपना एक अटैची और अपने घर से एक नया बिस्तर भी बाँध दिया। निर्धारित समय के अनुसार तरसेम खुद कमल को श्रीनगर में इंजीनियरिंग कालेज में दाखिल कराने चल पड़ा।

अगस्त महीने के दूसरे सप्ताह में दोनों शाम को घर से निकले। घर से निकलते समय घर के सारे लोग गली तक आ गये थे।

कान्ता की आँखों में आँसू आ गये क्योंकि कमल पहली बार घर से दूर बाहर जा रहा था और अब उसको चार-पाँच महीने के बाद घर लौटना था।

मदन उसका सामान उठाकर नगर में गाड़ी में बिठाने तक आ गया था। मदन के घर वापस आने पर परिवार में कमल की ही बातें हो रही थीं। कमल के जाने पर छोटे भाई-बहन बड़े उदास थे। मदन को तरसेम का बड़ा एहसान लग रहा था और कान्ता को कहने लगा—"तरसेम ने भी हम पर बहुत एहसान किये हैं। ऐसा लगता है जैसे पिछले जन्म का हमारा कोई कर्ज चुकाना हो।"

“कई बार तो ऐसा लगता है कि तरसेम को भगवान ने हमारे लिए देवता बनाकर भेजा है।” कान्ता ने मदन की हाँ में हाँ मिलाते हुए कहा।

उधर रात को दोनों तरसेम के ससुराल में ही रुके। अगली सुबह तरसेम और कमल दोनों बस अड्डा से श्रीनगर जाने वाली अठारह सीटों वाली मिनी बस पर लगभग आठ घण्टे का पहाड़ी सफ़र करने के लिए बैठ गये।

10

जम्मू से तीन सौ किलोमीटर उत्तर की ओर श्रीनगर शहर बसा हुआ है। यह कश्मीर घाटी का सबसे बड़ा शहर है। इसकी आबादी दस लाख से भी ज़्यादा है। जम्मू शहर और श्रीनगर शहर के बीच विशाल पीर पंचाल की पहाड़ियों का सिलसिला है। जम्मू शहर और श्रीनगर शहर के बीच केवल एक ही ज़मीनी यातायात का साधन है। यह रास्ता पहाड़ियों को चीर कर, चिनाब नदी और अन्य नालों पर पुल बना कर तीन सौ किलोमीटर लम्बा है जिसमें देश की सबसे लगभग अढ़ाई किलोमीटर लम्बी सुरंग भी है। देश के सीमा सड़क संगठन ने इसका नाम नेशनल हाईवे नम्बर 1-ए रखा है। दूसरा हवाई सफ़र के अलावा और कोई भी साधन इन दो शहरों को नहीं जोड़ता। अलबत्ता गुज्जर और बक्करवाल अपना माल-मवेशी लेकर पीर पंचाल की पहाड़ियों के बीच छोटे-छोटे दर्रों से होते हुए गर्मियों में कश्मीर घाटी में जम्मू से जाते हैं और सर्दियों में इन्हीं रास्तों से वापस भी आ जाते हैं।

कश्मीर घाटी का मौसम जम्मू से बहुत अलग है। कश्मीर घाटी का मौसम बहुत सुहावना होता है और सर्दियों में यहाँ बर्फ़ पड़ती है। देश-विदेश से पर्यटक यहाँ पूरा साल आते हैं। हर मौसम में यहाँ की अलग-अलग ख़ूबसूरती का नज़ारा देखने को मिलता है। इस प्याले के आकार की घाटी को धरती पर स्वर्ग के नाम से भी जाना जाता है।

कश्मीर की घाटी में श्रीनगर शहर की सबसे बड़ी और ख़ूबसूरत यहाँ की झील 'डल' है। झील 'डल' के पूर्वी पहाड़ों वाले किनारे पर पहाड़ी के तले मुगल बादशाहों द्वारा बनाये गये बाग, चश्मा शाही, यहाँ की ऐतिहासिक ख़ूबसूरत चीज़ों में से हैं। पश्चिम की ओर झील डल के किनारे मुसलमानों का एक बहुत बड़ा धार्मिक स्थल 'दरगाह' है। हजरत मुहम्मद जी का बाल यहाँ पर रखा हुआ है और इसको 'हजरत बल दरगाह' के नाम से भी जाना जाता है।

दरगाह के दक्षिण की ओर झील डल के किनारे पर यहाँ श्रीनगर का इंजीनियरिंग कालेज स्थित है। बाहर से पढ़ने आये हुए छात्रों के लिए छात्रावास भी यहीं पर बने हुए हैं।

तरसेम ने कमल को यहाँ के इस इंजीनियरिंग कालेज में दाखिल करवाया, छात्रावास में भी जगह दिलाई और खुद वापस जम्मू चला गया।

कमल को यहाँ के माहौल में उतरने में कुछ समय लग गया।

दरगाह की मस्जिद से हर दिन तड़के सुबह से लेकर दिन में हर नमाज़ के समय लाउड स्पीकर से 'आज़ान' होती। कमल ने यहाँ पर ज़िन्दगी में पहली बार आज़ान सुनना शुरू किया था।

मौसम में ज़रा सी गर्मी का ताप बढ़ता तो बारिश हो जाती। यहाँ पर हर इमारत के ऊपर ढलान वाली टीन की छत है। बारिश के पानी की टीन के छत पर छन-छन की आवाज़ आती।

कालेज में आते जाते नमाज़ के समय कुछ लोग मैदान या दूसरी काम करने वाली जगहों पर पाँच मिनट काम छोड़ कर नमाज़ पढ़ते रास्ते में दिखाई देते हैं।

छात्रावास में हर एक कमरे में पहले साल के दो से तीन छात्रों को रखा गया।

कमल ने देखा कि हर एक कमरे में चारपाई की जगह लकड़ी के बैड हैं। हर एक छात्र के लिए अलग एक बैड, एक मेज़-कुर्सी दी गयी है। हर एक छात्र के लिए दीवार पर अलग बिजली का बल्ब भी है।

कमरे का दरवाज़ा अन्दर बरामदे में ही खुलता है और कमरे की दूसरी तरफ़ बहुत बड़ी खिड़की है जिसमें जाली और शीशा दोनों ही लगे हुए थे। जो खोली और बन्द भी की जा सकती हैं।

कमरे के दरवाज़े से बाहर निकल कर दो-तीन कमरे छोड़कर आगे स्नान घर और शौचालय भी यहीं अन्दर ही हैं। जिसके अन्दर नलों में गर्म और ठण्डा पानी भी चौबीस घण्टे उपलब्ध रहता है। होस्टल के साथ कुछ क़दमों की दूरी पर खाना खाने के लिए एक बड़ा हाल और वहाँ पर लम्बी-लम्बी मेज़ें और मेज़ों के साथ दोनों तरफ़ कुर्सियाँ लगी थीं ताकि सभी एक साथ खाना खा सकें।

कमल के कमरे में इसके दो और भी साथी थे। एक जम्मू शहर का लड़का नीरज और दूसरा पी. राजू आन्ध्र प्रदेश का था। इनके सामने वाले कमरे में नीरज का मित्र जीवन दूसरे दो और लड़कों के साथ था। जीवन भी जम्मू शहर का रहने वाला था और बोर्ड की बारहवीं कक्षा की परीक्षा में पूरे बोर्ड में प्रथम आया हुआ था। नीरज के भी बारहवीं कक्षा में अस्सी प्रतिशत से ज़्यादा अंक थे। कमल के बारहवीं कक्षा में पैंसठ प्रतिशत से भी कम अंक थे।

कालेज में पढ़ाई शुरू हो गयी। जीवन अक्सर नीरज के पास आकर बैठता और छात्रावास में रहकर पढ़ाई करने को कोसता—"यहाँ पर तो पढ़ाई करने का समय ही नहीं मिलता है। एक कमरे में तीन-तीन लड़के कैसे रह सकते हैं?"

"यार, हर एक कार्य में बाधा आती है। स्नान और शौचालय के लिए भी कमरे

से बाहर जाना पड़ता है।" नीरज ने भी अपने विचार रखे।

"नीरज यार, यह तो चलो कर भी लें पर सबसे मुश्किल बात है कि यहाँ पर ट्यूशन का कोई प्रबन्ध नहीं है।" जीवन ने अपनी मुश्किल बताई।

"यह मुश्किल तो मुझे भी आ रही है।" नीरज ने हाँ में हाँ मिलाते हुए अपने आपको भी उसी मुश्किल में बताया।

कमल यह सब बातें सुनता था। पर वह अपने आपको पहले से बहुत आराम में पाता। तीन बार दिन में अच्छा खाना पका-पकाया मेज़-कुर्सी पर बैठ कर खाने को मिल जाता है। घर पर एक टूटी हुई झोंपड़ी में छह सदस्य रहते थे और यहाँ पर पक्के कमरे में तीन ही छात्र हैं। तीनों एक ही कक्षा में पढ़ने वाले। घर में एक चारपाई पर दो सदस्य सोते थे और यहाँ पर तो इतने बड़े बैड पर मैं अकेला ही सोता हूँ। घर में मिट्टी के तेल का दिया भी बड़ी कंजूसी से जलाना पड़ता और यहाँ पर रोशनी के लिए बल्ब चौबीसों घण्टे जलता रहता है। घर में लगभग हर बारिश में किताबें भीग जाती थीं और यहाँ पर तो पक्का सीमेंट से बना कमरा है, सफ़ेदी भी हुई है। बारिश का पानी छत से टपक जाये, यह सोच भी नहीं सकते। कालेज से छुट्टी हो जाने के बाद जब चाहें और रात को जितनी देर तक भी चाहें पढ़ सकते हैं। इससे भी बड़ी बात कि कालेज की लाइब्रेरी तो रात के बारह बजे तक खुली रहती है। वहाँ भी सारी सहूलियतें थीं। वहीं पढ़ने के लिए किताबें भी मिल जातीं।

कमल पहली बार यहाँ पर क्लास रूम की पढ़ाई के बाद छुट्टी कर के शाम को देर रात तक पढ़ाई करने लगा। कमल ने अपनी पूरी मेहनत और लगन से पढ़ाई की।

कमल का अपने घर वालों से और तरसेम से सिवाय चिट्ठी लिख कर भेजना और चिट्ठी आने के इलावा कोई सम्बन्ध नहीं रहा।

पहले सेमिस्टर की पढ़ाई पूरी हो गयी। इम्तिहानों की तिथि भी दिसम्बर महीने के दूसरे सप्ताह में निश्चित कर दी गयी थी। दिसम्बर का महीना शुरू हो गया था। श्रीनगर में कड़ाके की सर्दी शुरू हो गयी थी। रात को कमरे को गर्म करने के लिए बिंजली का रूम हीटर चलाना पड़ता था। सर्दी से बचने के लिए रात को खिड़कियों को बन्द करके उनके आगे पर्दे लगा दिये गये।

सुबह के लगभग सात बजे होंगे। छात्रावास के बरामदे में शोर से कमल की नींद खुल गयी। कमल ने रज़ाई सरका कर मुँह बाहर निकाला। नीरज और पी. राजू दोनों कमरे में नहीं थे। दोनों के बिस्तर खाली पड़े थे। कमरे का दरवाज़ा भी खुला पड़ा था। बरामदे में बाहर लड़कों के चीखने-चिल्लाने का ऐसा शोर था मानो जैसे किसी की बारात जा रही हो।

आज ऐसी कौन सी बात हो गयी है? पिछली रात को तो देर रात तक मैं पढ़ रहा था। मैंने तो कुछ बात नहीं सुनी। रेडियो पर भी शाम की ख़बरों में कुछ नहीं

सुना था। कमल शोर का कारण जानने के लिए अपने विचार इधर-उधर दौड़ाने लगा।

कमल रज़ाई को एक तरफ़ करके बैड से टाँगें नीचे लटकाते हुए सारी रज़ाई हटा कर बाहर हो लिया। बायें पाँव से दोनों चप्पलों को घसीट कर अपने पास करके पहन लिया। सर्दी में चप्पलें बर्फ़ की तरह ठण्डी हुई पड़ी थीं। दोनों पाँवों में चप्पलें पहन कर कमल तुरन्त उठ खड़ा हो गया। खिड़की की तरफ़ पहुँच कर दायें हाथ से पर्दा पकड़ कर एक तरफ़ करके बाहर देखने लगा।

पर्दा एक तरफ़ हटाते ही बाहर का दृश्य देखकर कमल दंग रह गया। कुछ पलों के लिए तो वह जैसे थम ही गया हो। आँखें एक जगह रुक गयीं।

बाहर का दृश्य ऐसे था जैसे स्वर्ग का नज़ारा हो। आसमान से गिरते हुए छोटे रूई के फाहे मानो रूई कातने वाली मशीन से रूई के टुकड़े गिर रहे हों। नीचे ज़मीन पर जैसे एक सफ़ेद चादर बिछा दी हो। खिड़की के सामने एक 'विल्लो' के पेड़ और उसकी टहनियों पर पड़ी बर्फ़ ऐसे दिख रही थी जैसे रूई कातने वाली मशीन पर, रूई कातने वाले आदमी के बालों पर, रूई चिपकी हुई हो।

वातावरण इतना शान्त कि टीन की छत पर बर्फ़ गिरने की कोई आवाज़ भी नहीं। सारा दृश्य ऐसे था जैसे फ़िल्म में स्वर्ग लोक दिखाया जा रहा हो।

कुछ क्षणों के लिए तो कमल भूल ही गया कि वह कहाँ पर खड़ा है। कमल अपनी ज़िन्दगी में पहली बार सच में बर्फ़ गिरने का नज़ारा देख रहा था। इस दृश्य से कमल के शरीर में एक अजीब सी ख़ुशी की लहर दौड़ गयी।

कमल ने पीछे मुड़ कर कुर्सी पर पड़े स्वेटर को उठाया और पहनते-पहनते ख़ुशी से तेज़ क़दमों से कमरे से बाहर आ गया, यहाँ पर उसके दूसरे साथी ख़ुशी से ज़ोर-ज़ोर से चिल्ला रहे थे और कुछ नाच रहे थे। कमल भी बाहर गिरती बर्फ़ और बरामदे में नाचते साथियों को देख-देख कर खुश होने लगा।

बाहर ज़मीन पर घास और घास पर चलने से बने हुए रास्ते सारे बर्फ़ की सफ़ेद चादर के नीचे छुप गये थे। कोई भी घास का पौधा या उसके नीचा पड़ा पत्थर नहीं दिख रहा था। सब लगभग समतल ही दिख रहा था जैसे सफ़ेद चादर सारी ज़मीन पर बिछा दी गयी हो। नीरज और पी. राजू भी यहीं पर मौजूद थे। वह दोनों भी ज़िन्दगी में पहली बार आसमान से गिरती हुई बर्फ़ देख रहे थे। अब तक दोनों कमल के अच्छे मित्र भी बन चुके थे।

"कैंटीन में चल कर चाय पीते हैं।" नीरज ने कमल और पी. राजू के सामने प्रस्ताव रखा।

"ठीक है, चलो चलते हैं।" पी. राजू ने अपनी सहमति बताते हुए कहा।

"चलो चलें।" कमल ने भी ख़ुशी भरे मिज़ाज में अपनी सहमति जतलाई और इसी के साथ तीनों एक छात्रावास के पास वाली लगभग दो सौ मीटर दूर कैंटीन

की ओर चल पड़े।

तीनों के चलने से नीचे ज़मीन पर गिरी बर्फ़ पर बराबर फासलों पर पैरों के चिह्न बनने लगे। आसमान से बर्फ़बारी होने के कारण इनके कन्धे और सिर के बालों पर बर्फ़ गिरती जा रही थी। थोड़ी देर बाद कन्धों को झटका देने से कन्धे पर गिरी हुई बर्फ़ नीचे गिर जाती। इसी तरह सिर के बालों पर गिरी हुई बर्फ़ सिर के झटकने से नीचे गिर जाती। कुछ बर्फ़ सिर के बालों में फँस कर रह जाती और बाद में शरीर की गर्मी में पिघल कर जीरो डिग्री तापमान का पानी बन कर बूँद की शक्ल में सिर के बालों से लिपटते हुए सिर में बालों के अन्दर सरकने लगी और अजीब-सी ठण्ड का एहसास दिलाने लगती। इस ख़ुशी में यह ठण्ड का एहसास भी बहुत अच्छा लग रहा था और माहौल को ख़ुशनुमा बना रहा था।

बर्फ़बारी का मज़ा लेते हुए चन्द मिनटों में तीनों कैण्टीन में हाजी के चाय के ढाबे पर पहुँच गये।

हाजी सुल्तान मुहम्मद साठ-पैंसठ साल का छोटे क़द का, सफ़ेद बालों वाला बुजुर्ग है। सिर पर नमाज़ पढ़ने वाली टोपी और ठण्ड से बचने के लिए शरीर पर मोटे गर्म कपड़े का 'फिरन' तथा उसमें कांगड़ी पुराने टीन के छत का एक खोखा जैसी दुकान की सफ़ाई करने के बाद रोज़ाना की तरह गर्म पानी की केतली गैस के चूल्हे पर चढ़ाई हुई। खुद मकान में ग्राहकों के आने से पहले बाकी कामकाज करने में जुटा हुआ था।

''हाजी साहब, असलामलेकम।'' कमल, पी. राजू और नीरज ने लगभग इकट्ठे ही हाजी साहिब को कहा।

''ब-लेकम सलाम।'' हाजी साहब ने थोड़ा रुक कर मुस्कराते हुए जवाब दिया।

''हाजी साहब इस सर्दी में एक-एक कप चाय मिल जायेगी।'' नीरज ने कहा।

''अभी मिल जायेगी साहिब।'' हाजी सुल्तान ने गर्म पानी की केतली उठाकर चाय बनाने वाली पैन को गैस चूल्हे पर रखते हुए एक बार दोबारा मुस्कुराते हुए अपने ग्राहकों का स्वागत करते हुए कहा।

गैस का चूल्हा जलने से और केतली की भाप से हाजी सुल्तान का खोखा बाहर की सर्दी के मुक़ाबले में थोड़ा-सा गर्म हो गया था।

यहाँ से बैठ कर कमल कालेज की दूसरी इमारतों की छतों पर जमी हुई लगभग दस सेंटीमीटर से भी अधिक मोटी बर्फ़ की पर्त का नज़ारा देख रहा था।

''लो साहब आपकी चाय।'' हाजी साहब ने तीन कपों में गर्म-गर्म चाय के कप मेज़ पर रखते हुए कहा। गर्म चाय के कप से निकलती हुई भाप ऊपर उठती हुई छत की ओर जा रही थी। इसी तरह से गर्म पानी की केतली की भाप और गैस चूल्हा से उठती हुई गर्म हवा ऊपर उठाकर पुराने टीन के छत को छू रही थी। इससे

टीन की छत का तापमान बढ़ने से बर्फ़ की नीचे की पर्त का कुछ हिस्सा पिघल कर पानी के कतरों में बदल रहा था।

कमल ने गर्म चाय का दूसरा घूँट लेने के लिए कप को अपने होंठों के पास लेकर घूँट लेना शुरू किया। ऊपर से फटे हुए टीन की छत से बर्फ़ से पिघल कर बना हुआ पानी का एक कतरा कमल की दाहिने हाथ की कलाई पर आ गिरा। कलाई से टकरा कर पानी का कतरा चारों तरफ़ पानी की फुहार जैसी छींटें बिखेरता हुआ हवा में विलीन हो गया। हाथ मुँह के पास होने के कारण कुछ पानी की फुहार उसके आँखों और मुँह पर बिखर गयी।

यह पानी की छोटी सी बूँद की फुहार कमल के न सिर्फ़ शरीर को बल्कि उसकी ख़ुशी को भी ठण्डा कर गयी। कमल की ख़ुशी का सारा मज़ा एक क्षण में फीका पड़ गया। कमल का चेहरा उदास हो गया। कमल को तो यह पानी का कतरा तीन सौ किलोमीटर से भी अधिक दूर पीछे घर में हुई पिछली बरसात में ले गया।

उस दिन शाम को अपनी दो छोटी बहनों, एक छोटे भाई, माँ और पापा के साथ अपने गाँव में अपने घर में था। उसका घर जो एक पुरानी झोंपड़ी जैसा है जिसमें वह छह सदस्यों के साथ रह रहा था। दो दिन की लगातार बरसात के कारण झोंपड़ी का पुराना छत बरसात के पानी को रोक नहीं पा रहा था। एक चारपाई की जगह भी सूखी नहीं बची थी। झोंपड़ी की छत से लगभग हर जगह से पानी टपक रहा था। सब कुछ गीला हो गया था।

आग जलाने की लकड़ी गीली हो जाने के कारण कमल की माँ खाना भी नहीं बना पायी थी। देर रात हो गयी थी। सारी रात बैठे-बैठे गुज़ारी थी। छोटे तो जल्द ही बैठे-बैठे भूखे ही सो गये थे।

झोंपड़ी के अन्दर बहुत सी पानी टपकने वाली जगह पर बर्तन रखे हुए थे। किताबों की पोटली को दो-तीन जगह बदलने के बावजूद भी बहुत सारी किताबें गीली हो गयी थीं।

कापियों पर लिखी हुई स्याही बिखर कर सारे पन्नों पर फैल गयी थी।

बीच में जब कभी बारिश की फुहार ज़्यादा तेज़ हो जाती तो दो एक जगह तो पानी के कतरे तेज़-तेज़ ऐसे टपकते जैसे किसी शिव मन्दिर में मटके से शिवलिंग पर पानी टपक रहा हो।

चूँकि नीचे कच्ची ज़मीन का फ़र्श था जो पानी से बिल्कुल नर्म हो गया था। इसके ऊपर चलने से पाँव के पूरे निशान बनते।

अपने छोटे भाई और छोटी बहनों का भूख से मुरझाया हुआ चेहरा और माँ-पिता के चेहरे पर बेबसी की झलक जो कमल ने उस दिन देखी थी, कमल की नज़रों के सामने उसकी तस्वीर बन कर आने लगी। कमल एक बार फिर से खुद बेबसी

महसूस करने लगा।

कमल भी चाहता कि उसका घर झोंपड़ी की बजाय पक्के कमरे का हो जैसे उनके छात्रावास के कमरे हैं। जिनकी दीवारें और फ़र्श पक्का सीमेंट का बना हो। खिड़कियाँ हों जो गर्मियों में खोली जा सकें और सर्दियों में बन्द की जा सकें। कुल्ली के द्रेह की तरह नहीं कि जिसमें बारह महीने न सिर्फ़ आँधी बल्कि हवा भी आर-पार जाती रहे।

जलाने वाली लकड़ी की जगह गैस का चूल्हा हो। जब जी चाहे माँ उसको जला ले और जब चाहे खाना बनाने के बाद बुझा दे, इससे बर्तन भी काले नहीं होंगे और मेरी माँ को बर्तन साफ़ करने में न ज़्यादा समय लगेगा और न ज़्यादा परेशानी होगी। कमल अपने घर के राशन के बारे में सोचने लगा। हमारे घर में जो एक दिन का राशन लाते हैं, हमारे पास भी इतने रुपये हों कि हम भी एक सप्ताह का राशन इकट्ठा लायें। जब भी कभी घर में कोई बीमार हो जाता है, जो दवाइयाँ सरकारी अस्पताल से मिलती हैं वही खा सकते हैं और जो दवाई सरकारी अस्पताल का डॉक्टर बाज़ार से ख़रीद कर खाने की सलाह देता है वह दवाइयाँ बाज़ार से ख़रीद कर खा सकें—कमल गहरे विचारों में सोच रहा था।

यह सब विचार कमल को बेबसी की आग में जलाते-तपाते पर कभी कमज़ोर नहीं कर पाते। हर बार ऐसे विचार आने के बाद वह ज़्यादा पढ़ाई करने की ठान लेता और पढ़ता भी।

चाय ख़त्म हो गयी और वह उठ पड़े। नीरज ने हाजी सुल्तान को रुपये देकर भुगतान किया और तीनों वापस अपने छात्रावास की ओर रास्ते में अपने पैरों के बने हुए निशानों को अपने ही पैरों तले मसल कर ख़राब करते हुए निकल गये। नीरज और पी. राजू ख़ुशी में मस्ती में आपस में बातें कर रहे थे। कमल अन्दर ही अन्दर से मायूस उनके साथ चल रहा था।

इधर बर्फ़बारी अभी चल रही थी और कमल अपने गाँव में अपने परिवार को बारिश में होने वाली परेशानियों से संघर्ष करते हुए देख रहा था। कमल अपने मन में भगवान से प्रार्थना कर रहा था कि यह बर्फ़बारी, यह बारिश जल्दी रुक जानी चाहिए। इन्हीं विचारों में बहते हुए वह नीरज और पी. राजू के साथ-साथ चलते हुए छात्रावास में अपने कमरे में पहुँच गया।

पिछले चार महीने से भी ज़्यादा समय से कमल छात्रावास के पक्के कमरे में रह रहा था। वह महसूस करना शुरू कर चुका था कि शायद वह झोंपड़ी से निकल कर अच्छे घर में पहुँच गया है। बहुत दिनों से छात्रावास में आने के बाद आज पहली बार कमल को एहसास हुआ कि उसका घर अभी भी वह झोंपड़ी जैसी ही है। इसीलिए वह मायूस हो गया कि भारी बर्फ़बारी उसे अपने घर पर बारिश का

एहसास करा रही थी और भारी बारिश उसको अपने परिवार की मुश्किलातों को बढ़ता हुआ दिखा रही थी।

कमरे में वापस आकर नीरज ने रूम हीटर का बटन दबा कर उसे चला दिया। पी. राजू ख़ुशी से झूमता हुआ अपने जूते उतार कर रज़ाई लेकर बिस्तर में घुस गया। कमल ने अपने मेज़ के नीचे घुसेड़ी हुई कुर्सी को खींचा और मेज़ के आगे कुर्सी पर बैठ गया।

"समाचारों का समय हो गया है ज़रा रेडियो चलाना, कमल।" पी. राजू ने ओढ़ी रज़ाई के अन्दर से आवाज़ देते हुए कहा।

कमल ने धीरे से गर्दन मोड़ कर पी. राजू के मेज़ पर पड़ी एक घड़ी पर देखा और बायें हाथ मेज़ पर पड़े रेडियो को उठाया और दायें हाथ की उँगली से गोल बटन को फेर कर रेडियो को चला दिया। समाचार चल रहे थे। रेडियो में समाचार बोलने वाले ने आख़िरी समाचार बोलने के बाद अन्त में मौसम का हाल–"आज पूरी कश्मीर वादी में ज़ोरों का हिमपात हो रहा है और अगले चौबीस घण्टों में भी जारी रहने की सम्भावना है। जम्मू में लुकछुप बादल छाये हुए हैं और अगले चौबीस घण्टों में मौसम ख़ुश्क रहेगा, नमस्कार।"

जम्मू में मौसम ख़ुश्क होने का समाचार सुनते ही कमल की जान में जान आ गयी। उसको लगा जैसे किसी ने उसके सिर से एक बहुत बड़ा बोझ उठा लिया हो। जैसे किसी ने उसकी भीगती हुई किताबें बचा ली हों। कमल का दिल हलका महसूस करने लगा।

विचारों के इस तूफ़ान के बाद कमल के अन्दर पढ़ाई करने की दृढ़ता कई गुणा और बढ़ गयी। अब उसको अपना रास्ता सामने दिख रहा था। ज़्यादा अंक लेकर इम्तिहान पास करना और अच्छी नौकरी लेना। वेतन के रुपये लेकर सबसे पहले वह अपना घर बनायेगा। लेकिन एक बात पर आकर विचारों की रेलगाड़ी आगे नहीं जा पायी कि गाँव के बाकी उन सब लोगों का क्या होगा जो उनके परिवार की तरह गरीबी की दल-दल में फँसे हुए हैं। क्या सारे लोग ऐसे ही हाशिये पर रहेंगे। पर कितनी देर तक...

समाचार सुनने के बाद कमल में हिम्मत और जोश फिर से आ गया था। कमल कुर्सी से उठा और तैयार होने लगा।

लगभग सारे बच्चे कुछ अपने कमरों में और कुछ छात्रावास की इमारत के बाहर बर्फ़बारी की ख़ुशी से झूम रहे थे। कुछ छात्र अपने घरों से लाये हुए कैमरे से बर्फ़ में फ़ोटो खींच रहे थे। कुछ बर्फ़ के गोले बनाकर एक-दूसरे पर फेंक रहे थे।

कमल ने तैयार होकर नाश्ता भी कर लिया। अपनी किताबें लेकर बर्फ़बारी के बीच से गुज़रते हुए एक बार फिर लाइब्रेरी जाने वाले रास्ते पर कोरे काग़ज़ की

तरह पड़ी बर्फ़ पर अपने पैरों के चिह्न बनाता हुआ अकेला ही कालेज की लाइब्रेरी की ओर चला गया।

दिसम्बर के महीने में कमल के सारे इम्तिहान ख़त्म हो गये। सर्दियों की छुट्टियाँ हो गयीं। कालेज बन्द हो गया। सारे छात्र वापस अपने घरों को चले गये।

चार-पाँच महीने कालेज में अच्छे माहौल-अच्छे वातावरण में रहने के बाद कमल दोबारा अपने गाँव में आकर अपने परिवार के साथ झोंपड़ी वाले घर में रहने लगा।

छात्रावास के पक्के कमरों में रहने के बाद दोबारा झोंपड़ी में आकर रहने से पहली बार कमल को दोनों के अन्तर का एहसास हुआ।

अब कमल जहाँ भी जाता है जिससे भी मिलता है जिससे भी बात करता वह सब उसको पहले से कई गुना ज़्यादा आदर-मान से पेश आते।

छुट्टियों के दो महीने गुज़र गये और तीसरा महीना शुरू हो गया। गाँव के बहुत सारे बच्चे शाम को कमल के घर के आँगन में बोरियों के टुकड़ों पर बैठ कर पढ़ते। कुछ बच्चों के माँ-बाप ने तो कमल को महीने के बाद बच्चों को पढ़ाने के लिए रुपये भी दिये। जिन बच्चों के माँ-बाप मज़दूरी से घर चलाते थे उनमें से किसी बच्चे से भी कमल ने पैसे नहीं लिए।

मदन को दोबारा कमल के दूसरे सेमेस्टर की फीस आदि के खर्चे के लिए रुपयों की चिन्ता होने लगी।

मार्च महीने का दूसरा हफ्ता शुरू हो गया। एक दिन डाकिया घर में आ पहुँचा। एक खाकी रंग का बन्द लिफ़ाफ़ा कमल के नाम का है। कमल ने लिफ़ाफ़ा लिया और डाकिये को बैठने के लिए कहा। डाकिया बैठना चाहता था, पर बैठने की जगह ही कहाँ थी।

''कमल साहब मुझे अभी और चिट्ठियाँ बाँटनी हैं। फिर किसी दिन आ जाऊँगा।'' डाकिया कहता हुआ चला गया।

कमल ने लिफ़ाफ़े को एक तरफ़ से फाड़ कर खोला।

और अन्दर से दो ही पन्ने निकले। कमल ने पहला पन्ना पढ़ा तो पढ़ते-पढ़ते ही उसके चेहरे पर अजीब ख़ुशी की लहर आ गयी। इस पन्ने पर कालेज खुलने और अगले सेमेस्टर में दाखिले की तिथियाँ लिखी हुई थीं। साथ ही पिछले सेमेस्टर का नतीजा भी लिखा हुआ था। इसमें लिखा हुआ था कि कमल पिछले सेमेस्टर में अपने कालेज में सबसे ज़्यादा अंक प्राप्त कर प्रथम स्थान पर रहा है। यह पढ़ कर कमल में ख़ुशी की लहर दौड़ गयी।

दूसरे पन्ने को कमल ने पहले पन्ने के ऊपर रखा और उसको भी पढ़ने लगा। इसको पढ़ने के बाद तो कमल लगभग उछल ही पड़ा। यह सेमेस्टर में प्रथम आने के कारण छात्रवृत्ति का फार्म था। यह फार्म भरने के बाद कमल को इतने रुपये

मिल जायेंगे कि वह अब बिना किसी से कोई पैसा लिए अपनी पढ़ाई कर सकता है।

घर में लोकू, उषा और कमलेश ने अपने बड़े भाई को पहले कभी इतना ख़ुश नहीं देखा था।

"भैया, इस चिट्ठी में क्या लिखा है"—लोकू ने कमल के पास आकर पूछा। उषा और कमलेश भी कमल के जवाब का इन्तज़ार करने लगीं।

"मैं पहले ही सेमेस्टर में पूरे कालेज में प्रथम आया हूँ। इतना ही नहीं अब मुझे कालेज से छात्रवृत्ति भी मिलेगी जिससे मेरी पढ़ाई का सारा ख़र्च चल जायेगा। अब किसी से उधार भी नहीं लेना पड़ेगा।" कमल ने मुस्कराते हुए जवाब दिया।

टोयाले में बैठी कान्ता बच्चों का वार्तालाप सुन रही थी। वह हक्की-बक्की हो गयी कि उनका कमल अपने कालेज में प्रथम स्थान पर आया है। असल हैरानी तो उसको छात्रवृत्ति की बात सुनकर हुई थी। कान्ता को विश्वास ही नहीं हो रहा था।

"हमारे कम्बे की किस्मत बहुत अच्छी है। भगवान इस पर बहुत मेहरबान है। भगवान ने हम गरीबों की भी सुन ली है।" कान्ता के मुँह से निकल गया।

कमल की बात सुनकर कमलेश के मन में भी हिम्मत और जोश का तूफ़ान उठने लगा—"मैं भी भैया की तरह मेहनत से पढ़ाई करके अपनी कक्षा में प्रथम आऊँगी। मैं भी इंजीनियर बनूँगी।"

शाम हो गयी। दिन को दिहाड़ी लगाकर मदन भी घर पहुँचा। पहले कान्ता से और फिर कमल से यह सुनकर बहुत ख़ुश हुआ। मदन के मुँह से भी निकल आया—"हमारे कमल की किस्मत बहुत अच्छी है।"

आज देर शाम को तरसेम भी घर आया। मालूम पड़ने पर कमल भी तरसेम को ख़ुशी की ख़बर सुनाने उसके घर चला गया। मदन और कमलेश भी कमल के पीछे-पीछे आ गये।

कमल ने तरसेम को कालेज में प्रथम आने वाली और छात्रवृत्ति वाली बात सुनाई। अपनी जेब से निकाल कर लिफ़ाफ़े में पड़े दो पन्ने भी तरसेम को दिखाये।

तरसेम के चेहरे पर सन्तुष्टि और गर्व के भाव छलकने लगे और कमल की ओर देखते हुए कहने लगा—"कमल आपको बहुत-बहुत मुबारक। मुझे पहले से तुम पर विश्वास था कि तुम ज़रूर प्रथम आओगे।"

"क्यों भाई आप तो इसकी किस्मत पहले से ही जानते हो?" मदन ने हँसते हुए तरसेम से कहा पास बैठा शैलोराम भी हँसने लगा।

"नहीं, मदन भाई साहब, मैं इसकी किस्मत नहीं जानता हूँ।" तरसेम ने गहन विचार से बोलते हुए कहा—"पर इतना ज़रूर जानता हूँ कि अगर एक बहुत विशाल पेड़ बनने वाले पीपल के पौधे को अगर हम एक छोटे से गमले में लगा दें जहाँ उसको खुराक हासिल करने के लिए न मिट्टी मिले न ज़रूरत अनुसार पानी मिले।

वह पौधा ज़िन्दा तो रहेगा पर कभी भी बड़ा पेड़ नहीं बन पायेगा। यह पीपल का पौधा हमेशा अपनी जड़ को गमले के सूराखों से बाहर निकालने की कोशिश करता रहेगा। अगर कहीं इस गमले में लगे हुए पीपल को कहीं एक छोटी सी जड़ को भी अगर ज़मीन की मिट्टी से मिलाप हो जाये जहाँ से उसको बराबर खुराक का जरिया मिल जाये तो फिर उस छोटे से पौधे को विशाल पेड़ बनने से कोई नहीं रोक पायेगा।''

मदन को बस इतना ही समझ आया था कि गरीबी की दलदल जिसमें वह फँसे हुए हैं उसमें अब एक कमल का फूल खिल रहा है।

कमल शायद इस बात को समझ गया कि गमले में लगे हुए पीपल के पौधे की कहीं एक जड़ ज़मीन तक पहुँच चुकी है और पीपल का एक विशाल पेड़ उगना शुरू हो गया है।

कमलेश को पीपल के पेड़ वाली बात तो समझ आ गयी पर वह अभी इतना नहीं समझ पायी कि उसको कमल भैया से कैसे जोड़ा जा सकता है।

अब नयी शुरुआत हो चुकी है।

❑❑